問風
問風吧

馮平

推薦序

這不是一篇序——因馮平的散文而想起

許悔之

有鹿文化在二〇一四年十二月出版了馮平的第一本散文集《我的肩上是風》，宇文正與黃麗群兩位小姐為之作序；二〇一五年八月旋又出版《寫在風中》，呂學海、王盛弘、李時雍三位先生為之作序。對一位認真書寫多年、累積良久的作家而言，成果不可謂不豐碩，但其實馮平旅居美國，默默書寫已經很久了。這兩本散文集的作序者，都鍾愛他的書寫，談論他的散文取向和特質，自然深刻深入，其實也勾勒了馮平的散文書寫軌跡、所及與探看之處。

二〇一七年七月，有鹿即將出版馮平的第三本散文《問風問風吧》。

三本散文的書名皆有「風」，讓我不禁思惟為何馮平那麼著迷於書名有「風」。風，可以是和風、暖風、狂風、暴風……，風，其實虛無飄渺，你看不到它、摸不到它，只能透過它的吹拂或吹襲，感覺到一種大自然的動能與神力。風生水起，水面生了波瀾，波瀾也終將被抹去，所謂風吹疎竹，風過而竹不留聲。馮平三書皆以「風」為題，就如同一聲長久的嘆息。

做為一名編輯，馮平這樣的作家，如同一名隱士，默默地寫作，也自然不介入台北所謂的文化圈；他的寫作既存有巨大的熱情，也有廣闊的觸及，包含宗教、文學、政治、社會，皆勾連於他私己的感覺與感受而終究連為一氣，其實讀他的散文是非常愉快的事。

在《問風問風吧》這本散文集裡，愛貓的朋友可以讀到〈貓戀人〉、〈來了九隻貓〉、〈想起阿強〉、〈寫給凱莉〉、〈為誰而哽咽〉、〈尋浪啊〉諸篇；做為一個原來不愛貓，但後來因緣之故，日日和三隻小貓相處的我，在馮平看似淡遠的敘述裡，讀到幾乎欲淚。因為貓不只是貓，而是愛的容器、愛的行動、愛的能力。我們的一生終究是在各種相互隸屬的關係裡，覺察做為人最珍貴的特質之一，就是「有情」。

做為馮平散文的出版者，這不是一篇序，這也不是一篇推薦語，這是一則因為馮平的散文而讚歎文字可以如此連結我們與世界的隸屬關係，我安安靜靜地讀著馮平的散文，若有想，若非有想，遂感覺到了自己更清晰的呼吸和心跳。

平靜，舒緩，卻好像世界有時就在眼前，這是像馮平這樣一位散文家，以隱士之姿，感覺了這個世界。

所謂「心生萬法」，讀馮平的散文，或許透過他寫貓，或寫其他的人事物，我們可以印證：做為有情眾生之一，真好！

《大智度論》上說：「衰利毀譽稱譏苦樂，四順四違，能動物情，名為八風。」

我知道有時我們從別人的書寫裡感覺到第九種風，叫作愛，有時名為慈悲。

自序

卡爾的弟弟問我，下一本書叫什麼名字？

我說，還不知道，應該也有風吧。

為什麼那麼喜歡風呢？他問我。

到普瑞他斯街辦事，一支 iPhone 手機在中國丟失了，不知如何恢復通話？來了一次，燈亮著，門上了鎖。回頭再來時，門開了，卡爾的弟弟在。這是一間代理各家電信公司業務的小鋪子，兼賣舊手機和配件，也幫人代繳水電費。這種鋪子多由黎巴嫩人經管。

卡爾很高，弟弟略矮，兩人都是濃眉大眼、長相俊逸的青年人。他們在這裡打工。卡爾的弟弟幫我辦通話時，來了幾位客人，一位包黑頭巾的老婦人，一位抱怨帳單每月不同日期的中老年人，一位買預付卡的中年人，我都由他們優先。老婦人有時說幾句簡單英語，有時不知說什麼話。

卡爾的弟弟說，那是阿拉伯語。

辦完通話，他一時興起，問我的職業，又問新書說什麼呢？

這問題我也在問自己，經他一問，我答：「說宗教和人之間的事吧。」我不敢確定這答案能叫自己完全滿意，但我知道，我仍然觸碰了這本書最核心的思緒。既然說到宗教，我就問他，你是回教徒？

是的，他答。

而我，是基督徒。

「起初，神創造天地」，三十年基督徒，我在這信仰裡不能說不深，其實很深了。我從不諱言，我是天天疑惑，天天相信，反過來說亦可。我不會因遭逢蹇運就否認神褻瀆神，我也不會因凡事平順就到處做見證，我更多是在愛祂事奉祂的途中問：什麼是人？

基督信仰給人以存在的意義，給人類以平等博愛的啟發，但是，當昨天的昨天，整個世界都喧譁了，歡騰與憤怒之聲交響而起的時候，我看見：真理與真理壁立對峙，聖言與聖言水火攻詰。我看見：神的兒女們時而溫柔，更常是強暴。從創世紀到啟示錄，隨手一拾都是武器。他們，都說是神的代言人。他們為神發怒，急於變了面孔，想張開喉舌，吩咐硫磺烈火下來，如同神也毀滅所多瑪、蛾摩拉。我看見：魚也吃魚。在最聖潔的殿堂，有最殘忍的火焰，最無情的刀劍。我以為我們該是金燈臺，眾發光之體，不想也可能成為害人命的。

主耶穌基督的父神，就是那位發慈悲的父，賜各樣安慰的神，可曾允我們當劊子手？可曾賜予我們權利去恨人，排撻人，殘虐人？於是我怕。我怕我們全面否定人的良心了。我怕我們堅信自己是道德的審判官。我怕我們以神之名站立於世，卻直線墜入撒旦自義自視自傲的深淵。我怕宗教的狂熱，我怕執迷的意識形態，恐怖的暴力分子。纏繞之蛇。

道心堅冷如鋼的宗教徒真可怕。

到底，什麼是人？

我也不諱言，我有一種矛盾：我既願意教會中的弟兄讀我的書，又不願意他們讀——他們睜大眼睛會讀出什麼不敬不虔的東西來？從來，在教會中的我是真的我，在文學中的我也一點不假。（從來我也知道，一切辯論都無用。）

為什麼那麼喜歡風呢？卡爾的弟弟問我。

因為我覺得自己像風。

我們都來自他鄉，像風一樣飄流而來，不是嗎？卡爾的弟弟以他深邃的眼神看我，輕輕點了頭。其實我更想說的是，我不願意活在銅牆鐵壁的思想裡，我渴望大口呼吸，像風在蔚藍天空展翅遨遊。

「你看這個題目如何？」他說了一個書名：「The Wind Blows Together（直譯：風吹

在一起）」。我覺得驚喜，請他再說一個。他不假思索，說：「The Wind Blows The Same Everywhere（直譯：風吹何處皆同）」，接著又說：「The Wind Is Our Witness（直譯：風是我們的見證，或譯：風都看見了）」。

卡爾的弟弟說，他叫——穆罕默德。

穆罕默德將三個題目寫在名片上當作禮物遞給我。啊！The wind blows，吹動的風，一開始使我想起木心的詩，「風來兮／吹散了家庭的界限」（〈通俗小夜曲〉），那麼，人與人的界限，種族與種族的籓籬，宗教與宗教的衝突，也吹散了吧。後來，我又想起巴布．狄倫的歌《Blowin' in the Wind》：

How many ears must one man have
Before he can hear people cry
How many deaths will it take
Till he knows that too many people have died
The answer, my friend, is blowing in the wind
The answer is blowing in the wind

（一個人得有多少雙耳朵
才能聽見人們的哭泣
還得有多少人死亡
他才能明白已有太多人喪生
答案啊！朋友，飄在風裡
答案就飄在茫茫的風裡）

「答案啊答案／在茫茫的風裡」（〈江湖上〉，余光中），既如此，那些宗教和人之間的事，那些人之為人的感性和理性的美好，那些與人與動物與世間的情緣及其對生命的尊重，不如都讓我們問風、問風吧。

目錄

卷一

等

以名之名

莫名，道不出名的，就說不出那是什麼。

好比說，嗎哪。以色列人出埃及，途中沒有吃的，耶和華就答應降糧食給他們。果然隔日，露水上升之後，野地面上有如白霜的小圓物。以色列人看見，不知道是什麼，就彼此對問說：「這是什麼呢？」

「這是什麼呢」，希伯來文是מן，英語是Manna，中文叫嗎哪。

埃及是個大世界，什麼東西都有，但有一個東西沒有，嗎哪。以色列人吃嗎哪四十年。換言之，他們吃「這是什麼呢」，吃了一個世代。他們一路吃嗎哪，一路吃「這是什麼」。鄰居見面，問：「你吃飯了嗎？」就是問：「你吃『這是什麼』了嗎？」

想起賈西亞．馬奎茲《百年孤寂》說的，「世界太新，很多事物還沒有名字，必須伸手指頭去指。」就像當年以色列人用手指頭去指嗎哪。說不出口、叫不出口的，都等待一個名字。

◇◇◇

孩子快臨盆了，朋友說，幫忙取個名字吧；也有的已經生了，就說快，給我們取個名字吧。沒有名，這孩子就像是野生的，長在叢林荒漠或極地；總不能就叫人吧。那人。其實一開始，人沒有名字，就叫那人。神造了人，創世紀說到這個人，都用那人。是人違背命令，吃了分別善惡樹上的果子，才在神的宣判中，被稱作亞當。亞當，舉世聞名之人，其字義是紅土。(從土而出的，仍要歸於塵土。)人被稱作亞當之後，他就給自己的妻子起名叫夏娃。

人有了名，就不再有分於伊甸園了。

此後一個人，一個名；有了名，才能被文明收編，成為大千世界的洪流一滴。二〇〇五年全球第六十五億個人出生了，不知會叫什麼名？但確定的，有了名，才能見證一個人的存在，一條命的生存，一個身分的歸屬。

沒有名，沒有身分證；沒有名，沒有健保卡；沒有名，沒有信用分數；沒有名，沒有護照，不能跨出邊界，走到另一個國境；沒有名，就沒有房子，沒有車子，沒有銀行戶頭，也沒有學位、獎杯、獎狀。

無名氏，無名塚，無名的魂，想來多麼淒慘，多麼悲涼。

沒有名，實在叫人難堪。

◇◇◇

連神都有一個名字。

有主的使者向約瑟夢中顯現，說：「只管娶過你的妻子馬利亞來，她將要生一個兒子，你要給他起名叫耶穌。」耶穌，按希伯來文意思是，耶和華拯救。於此，使徒彼得面對猶太教徒的質問，乃放膽講說：「除他以外，別無拯救；因為在天下人間，沒有賜下別的名，我們可以靠著得救。」

一個名，可以概括種種一切；他的所是，他的所有，他的所成，他的所達到。一個名，可以是一個時代、一個族群，甚至全人類的拯救。靠著這個名，求告這個名，可以得救恩。難怪乎詩人說：「神啊！你名何等廣大泱漭。」

耶穌。釋迦牟尼。穆罕默德。孔子。這些名字裡面，都有偉大的故事。他們在地上短短一生，造就了無比巨大的功績，產生了無遠弗屆的影響力，最後總結成一個名字。橫越千年，不衰。

真實的名如此，虛擬的名也不可小覷。安娜・卡列尼娜。簡愛。艾瑪。浮世德。李爾王。哈姆雷特。奧賽羅。羅密歐與茱麗葉。高老頭。脂肪球。魯賓遜。阿Q。阿飛。

露西。等等。這些名字有的已成為一個符號、一個標記；在這些名字裡，我們看到了人，及其複雜的人性。

人與人性的縱深。

◇◇◇

用谷歌搜尋器最常找的，無非是名。輸入一個名字，什麼都有了，好事壞事，正確的和誤謬的，當期的或過期已久的，可公開的及不願公開的。朋友改了一個名字，問為什麼？答，做人不容易了。

才高一的時候，我就給自己取了筆名；是根據別人寫的錯字，我三個字的名被寫成兩個字，且只對一個字，最簡單的那個字。我看著布告欄上的那名，覺得是我，又不是我。是一個假我扮成了真我，也是一個真我隱藏在假我裡。真真假假，其實不真也不假。

後來我又用了三、五個筆名，除了少數編輯朋友，沒有人知道這是誰。我嘗試寫了一些私小說。「私小說」怎麼定義？像小說又像散文，不像小說又不像散文。總之，在散文和小說正名爭辯不休的時代裡，所有的「我」只是一個說故事的人罷了。寫《金瓶梅》的笑笑生以筆名立著，或許有他不得不然的考慮。不論舊世紀或新世紀，乃至二十二世紀，某些人仍有某種理由，必須借用一個名字、一個身分或者一個代號，繼續背負著矛盾活下去。

筆名外，寫詩也得有詩名，寫文章也得有題目。有時是先有題目，再有內容；有時是先有內容，再想題目。兩者完美結合，有時很快，有時很慢。慢的話要幾天，幾個月，或幾十年。周公[1]自述，〈好雪，片片不落別處〉是先得了詩名，而詩句之路遙，竟走了四十年。

四十年後，摩西上了那與耶利哥相對的毗斯迦山頂，極目一望，榮美之地！

◇◇◇

青年旅館的室友推薦我去那裡走一趟。《寫在風中》記錄這一件事：

經過布蘭登堡門（意，出了此門即將前往布蘭登堡去），往南走一個街廓，就到了。占地約二萬平方公尺，足有四足球場那麼大——一片符號！碑，鐵灰色長方體水泥碑，二千七百一十一塊；寬〇・九五公尺，長二・三八公尺，空心，傾斜度〇・五至二度，平均重八噸。體積不一，有三〇三個碑高過四公尺，大部分在一至二公尺之間，也有的鑲嵌在路面平地上，望去錯落起伏，間植四十一棵小樹。

碑群如石林。

碑，然而碑放在這裡，其實更像殯棺，疊次相比的數據表；這是死亡數據表所轉換成的棺林？

或棺或碑，在設計師艾森曼（Peter Eisenman）和哈普達（Buro Happold）手中成了一個簡單而理性的符號。那麼多理性的符號相加起來，就是感性的排山倒海而來。走在碑林中，一波又一波的影像拍岸而來，往事並不如煙；這是更深、更誠懇、更莊嚴的喟嘆。一場民族自覺的反省。

碑林地下室，是一個名為「信息廳」（Ort der Information）的檔案展覽館，介紹一九三三年至一九四五年間歐洲猶太人被滅殺的歷史過程。分成四個展區，第一區為程度室，展覽十五個猶太人在受迫害期間寫下的自述與家書；字字手筆，一筆一劃勾寫對親人的思念，對死亡與未知的恐懼。第二區為家庭室，展示十五個猶太家庭，當他們尚活之際，在不同國家、不同社會階層、不同文化和宗教環境下的生活情況。第三區為姓名室，宣

1 此指詩人周夢蝶。周公號夢蝶，本名周起述。

讀全歐洲被害和失蹤猶太人的名單和簡歷。宣讀的同時，四面牆壁投影顯示被害者的姓名、出生與遇難日期。第四區為地點室，腥紅點點，標示殘害猶太人的擴展過程。

姓名室，受難者一個名、一個名投影在牆上。

Tamara Halpern、Yehiel Mintzberg、Shraga Feiwel、Zipporah Picker、Bela Rodnianski、Marina Smargonski、Maryla Albin、Aron Goldman Bodner、Gregory Shehtman、Jette Lachotski、Sarah Rivka Steger、Kurt Peckel、Semyan Blyakhman、Fritz Buchner、Stefan Rueff……

全歐洲被害和失蹤猶太人的名單，宣讀一遍，共需六年七個月二十七天。

《以賽亞書》五十六章5節，「我必使他們在我殿中，在我牆內，有紀念，有名號，比有兒女的更美。我必賜他們永遠的名，不能剪除。」淚水模糊了雙眼。這些名字或男或女，或老或幼，我都不認識；只知道一個名，就是一個有血有肉的人。一個名，一個人，一個該活下去、也值得活下去的人。我坐在那裡，心裡哀慟，不知如何止息。

◇◇◇

姑且用A來代替吧。A是代名詞。B是代名詞，C也是。

她從A變成B，從B換成C。

她是個貓天使；我潛進她的臉書，看到的全是貓狗志工團的消息。「反濫捕、要結紮」，支援《十二夜》，張貼尋貓啟事、尋狗啟事、緊急救援啟事，開放認養中途之家的貓犬，也公布惡劣認養人的面貌，提醒民眾及送養人小心……。

她是對人愛憐，對貓狗愛憐，對眾生愛憐。媽說，小時候她嘴裡含糖，見人來索求，因已無糖，可以把自己嘴裡的掏出來給人。一想那口液交遞，不覺叫人犯起噁心；後來倒想起佛經故事，尸毗王割肉餵鷹，薩埵那太子捨身飼虎。誰說的，愛的最大能力，乃是在於愛的捨棄。

不過這一切，還得從一隻貓開始。家裡跑來一隻貓，說什麼都要留下來，媽說那就留下吧，她也說好吧。說留下和好吧的同時，心底都想著一句俗語，貓來富。眼看家裡就要富貴了，就餵牠、飲牠、照顧牠。不想，這貓是來生仔的，一窩四隻。一隻貓變五隻貓，誰擔得起，就把醜的、看似瘦弱的送人，結果都回籠。貓來富，變成貓來討債。貓，暴露了她對富貴的極大的渴望，也揭露了她對貧窮的極深的無助。

不久，她從B變成C。

ABC代替的是名字，一個真人名字。

朋友在微信上轉載一個玩意，測你的前世；輸入你的名字後，前世輪盤就旋轉，最後報曉答案。答案只有五種，只記得前三種：武則天、佳人、宰相。朋友得的是武則天。準！（奇哉，我憑什麼說準呢？）說準是因為，這朋友的雍容體態、睿智霸氣，以及嬌爽任毅，無一不是帝后的範兒；果然是武則天。

武則天再世，想著就笑了，笑是鄙夷這玩意兒，怎麼能信?! 說不信，過一陣子自己無聊也玩玩，答案是佳人。知道是自己佳人，不知怎麼，竟竊喜起來。有一點信了。

到底，還是不能信！

不能信，卻不敢否認冥冥中有個命。

命，到底是什麼？有人說，命在名字裡，在五格中，在一筆一劃間。命與運。知天命，也可改運勢，謂後天運。命與運相連，改運就影響了命。改運之法，改筆劃，改宿名。改名而成富貴者，所在多有！於是有姓名學興起，有蹇運者趨之若鶩。A是其中之一。在A的時期，她輸掉一份工作和一份感情。待B而起，又輸掉一份感情和一份工作，且贏來一張巨額帳單。後來，她不得不變成C。當她說今日起她是C的時候，已經不可自拔地愛上貓，並全身奉獻給一切需要救助的動物。

人啊人！都說人的意志可以主宰自己，其實不全然，因為有蒼天。又都說人定勝天，更是不全然；面臨旦夕禍福，風起雲湧，水災旱災，才發覺自己的手太小、太軟弱。一切聽天由命，也不是；一切操縱在己，也不是。人想單純，卻愈不單純；人是自尋煩惱的物種。

人是百般千般矛盾的綜合。

一個人就是一個大千世界；一個名字，一個人。ＡＢＣ都是一個人，我妹妹。戶政人員告訴她，第三次了，按規定不能再改了。她只能接受。從今往後，她就是這一個名，這一個人了。

直到生命終了。

◇◇◇

虎死留皮，人死留名。

可先聖早已啟示天下人，名可名，非常名。

再好的花總要凋零，再美的人定規要逝去，再宏大的名也要在無常裡消失，煙飛灰滅。這樣說，倒不如那一日摩西在何烈山上所聽見的，似乎才是恆常的了。摩西對神說：「我到以色列人那裡，對他們說：『你們祖宗的神打發我到你們這裡來。』他們若問我說：『祂叫什麼名字？』我要對他們說什麼呢？」神對摩西說：「我是自有永有的。」

我是自有永有的（I AM THAT I AM），就是說，我沒有名字，你說我是什麼，我就是什麼。從前是，現在是，以後永是。

我就是我。

恐懼進行曲

人生喜怒哀樂，其實不完全，至少缺了恐懼。恐懼這條生命弦律是不應該被隱瞞的。嬰兒出世那聲啼哭，絕沒有喜怒哀樂之意；哀，是有所思有所感有所歷而生，那時嬰兒沒有。嬰兒離開母體而啼哭是有恐懼吧，恐懼看似一種本能了也說不定。

貓呲牙咧嘴噴嘶，拱背豎毛尖怒視，肯定是恐懼了。暮靄深深，林鳥聞槍聲騰空亂飛，肯定是受驚嚇了。茫茫草原，小鹿四肢飛蹄躥奔，肯定是被追殺了。貓頭鷹蝶在蛹期中偽裝成毒蛇，銳眼膨頸環尾，唯妙唯肖——原來造成別人恐懼是可以保命的。龐貝石灰岩漿凝鑄一具具死活人，五官肢體扭曲不能言，最是恐懼無疑。

恐懼常在，恐懼不陌生。恐懼最相似白話文就是害怕。女孩子頂容易說，我害怕。見一條大狗吠叫，就說我怕。見一筒針管迎來，也說我怕。學自行車屢試屢敗，原因無他，就是怕。長大以後，看了蠕動毛毛蟲，女鬼貞子出沒，侏儸紀恐龍突襲，一樣是怕，怕到男友懷中，怕得甜蜜蜜。嫁作人婦了，也怕：怕入灶腳，怕生小孩，怕產後憂鬱，怕瘦不回來，怕老公外遇，怕兒女教養失策，怕青春年華一去永不回頭。

恐懼有聲有色，它釋放了彎曲流動線條，赤焰焰天空，藍幽幽峽灣，骷髏般瞠目張口罩筆人形；看哪！天地人都在吶喊。恐懼也有肚腹食欲，它從黑白婚配裡吃一口，從年齡相差下吃一口，從一道道異樣眼光中吃一口；看哪！恐懼漸進滲透，直入人心，排山倒海吞噬了靈魂。

恐懼也有善面，好比憂國憂民，那個憂裡有恐懼，怕城牆傾圮，國破家亡。好比敬畏神，敬畏另個說法就是恐懼，怕神。怕神不是壞事；舉頭三尺有神明，怕神容易使人致良知，收斂貪婪之心，暴戾之氣。當然，恐懼仍常顯在惡事上，好比市場自殺炸彈，車站隨機砍人，遊樂所粉塵爆散，面面都是猙獰可怖。至於日常也少不了恐懼，好比雜誌偷拍女星素顏照，出刊那日，全球報導，那時不知誰最驚恐？

這就說到媒體。網路時代，人人都是媒體。媒體中心，就是發言中心，也就是串連中心。一句話，一張照片，連結無遠弗屆，震撼效應比核子彈還大。醜聞一散播，或者謠言一流竄，後果不堪想像。流言蜚語不像毒氣，終有煙消雲散一日，不，它會被記得，那個記憶體與宇宙同存亡。醜聞亦是。做了醜事一直被記得也會恐懼吧。不被忘記是個難題，說不定能被遺忘是一分福報，學會忘記也是一種美德。

詩篇二十三篇是一首牧歌，耶和華是我的牧者，他使我躺臥在青草地上，領我在可安歇的水邊。我雖行過死蔭幽谷，也不怕遭害，因為你與我同在。信仰使人心舒，魂中安樂，無所恐。小孩受驚冒冒號，嫌犯無罪獲釋出獄，旅行者雪崩下歷劫歸來，按民間傳統都去收驚。神壇點火，乩童請靈附身，旗符雙奏，前後一抹一勾，把驚收了，從此無恐懼。

我認識恐懼已久。

爸媽不在家，幼稚園放學，我帶同學元來做客。猶記入園第一天，我見生，嘩嘩哭泣，無人理睬。後來自己上學，背小書包，出巷口，左轉就是馬路，走一段再左轉，然後右轉，便到了。放學也是一個人。不知怎麼，對元有好感，也是斯文學生吧，就約他來玩。家裡沒大人，空盪盪屋子沒開燈，又是陰天，氣氛低靡晦蒙；元不喜歡這樣，他想回家了。不行！我不願意他走。(為什麼不願意他走呢？)兩方堅持，我沒辦法，只好把他鞋子藏在陽台外。他見鞋子被留藏，急哭了，打算赤腳走回去，又說要告訴他媽媽。聽聞要告狀，我收手了，還鞋子給他，任他離去。此後，我失去了一個朋友。

夏夜玩捉迷藏，一人當鬼，其餘一哄而散，潑猴似的鑽天入地，把自已隱藏起來。床底下，衣櫃裡，旮旯空隙間，都是隱身處。我習慣選擇衣櫃，那個衣櫃設在樓梯間，裡頭很深，加上厚重衣物棉被又多，一進去，三兩下就藏好了。藏，是為不被看見。藏在衣櫃中，人看不見我，我看不見人，都「迷」了。迷跟瞎差不多，瞎迷了就只有黑暗。黑暗代言恐懼。黑暗中浮想聯翩，青面獠牙，黑白無常，魑魅魍魎，來去不設限。夜寂寂，遊戲進行中，不想曝光，又想曝光，才知心裡有鬼最可怕。

看得見的可怕，看不見的更可怕。太陽紫外線罩頂，核電廠輻射線脅迫，癌細胞環伺突變，致命病毒隨風飄浮，也隨血液精液傳染繁殖擴增。恐怖分子無邊無際。連一個念想也是。好比作弊，又好比篡改考卷。小學期末老師請我幫忙改考卷，六科成績逐漸揭曉，耀將得第一，登衛冕者寶座。那寶座我已坐三年，眼見拱手讓人，心有不甘啊。走下寶座是何滋味？就差兩分，只要他再錯一題，便輸我一分。那麼，就讓他錯吧！

恐懼與謊言相生相成。恐懼誕生謊言，謊言長出恐懼，恐懼與謊言互為骨中骨，肉中肉；它們並蒂連結，攀牆附枝，交織糾纏永不分離。那書說，撒旦是說謊之人的父。換言之，撒旦子民生養眾多，遍滿地面了。他們各個受到威嚇、憂慮、罣慮和許多消極思想所限制。連父母也說謊，連法官也說謊，連一國元首也說謊。哎呀！真理何渺渺，謊言何猖狂。

表四嬸住我家樓上，公寓單層單戶，進出總有碰面時候。表四嬸兒子也算表哥吧，不懂為何，我從沒叫過他，也不知他的名。倒是他見我，總是先叫我，他叫我臭酸仔。

彼時我一副聰明小屁孩模樣，有點跩，也有點可愛。他叫我臭酸仔時，語調輕脫，有著逗的意思，看我嗔睨，他開心了。後來隱約知道，他學歷不優，職業普通，三十啷噹沒有對象。五年沒有對象，十年沒有對象。後來他們搬走了，偶爾我問起他，人說還沒有結婚呢。

怕窮，窮容易被看不起。如我，一個窮人。大多窮人是怕富人的，豈不知，富人更怕窮人；富人但願永遠住在象牙宮中。怕輸，輸容易使人喪志，競賽者難免擔心裁判不公，遇人不淑。文人相輕，那個輕終究會帶來焦慮。天有不測風雲，杞人之憂是有根據的。鄉愿者一臉賊相，其實膽小如鼠，最怕自己活不好。而歷史已昭示，擁有權力者乃集恐懼之大成，他們色厲內荏，終日惶惶，怕老死，怕人毒殺，怕禍稔蕭牆，怕小人蒙蔽，怕群臣不擁戴，怕百姓明智開化，怕權杖皇冠易手，怕魔戒一去不復返。

涉入人世，才明白謊言也有苦衷。就如不結婚的人不一定都找不到對象，他的找不到很可能是不得不說的謊言。即或偷情者也不一定都是背叛者，他／她的愛對任何人可能皆為真摯。只是他／她必須說謊。一個真摯的人不得不用謊言來保護他的感情。等待謊言揭穿那一刻，必然是緊張的，恐懼的，更多是像一首無法解釋的哀歌。

那一夜我們在等救護車。明明虛弱不堪，命在旦夕，他還囑咐我請救護車不要鳴笛。

我不懂，也不從。救護車一路嗚去，我尾隨其後，直到祐民醫院。後來我懂了，他怕招惹異樣眼光，他已經受夠異樣眼光。所謂異樣，通常說出歧視。好比一個殘疾人，從小自卑敏感，異樣眼光照射他，他承受不起那麼多憫憐，也消弭不了一片歧視，以及自我歧視。

長大了不怕黑，不怕神壇怒目偶像；不，也怕黑，怕見父親。怕父親從那一邊來，忡忡問我，為什麼還不結婚？此外，還怕一個人，這人喚我去，拿一份報紙質詢我，為什麼寫這樣一篇小說？

小懼大，弱怕強，不適者淘汰。人生如棋，左右逢源少，前後夾擊多。苟活和進取並行，每一天都像神蹟，有奇異恩典。安排前途，掌控此生命運的，多是別人，不是自己。逃脫需要勇氣；面對諸多未知，我們到底都是軟弱的人。小嬰孩天真無知，把他丟入水池中，一臉悠遊自在，不求救命。是長大了才知道命重要，但是命該何去何從，往往不知道。

生命——

所有的，都在覓尋自己

覓尋已失落，或

掘發點醒更多的自己……

——周夢蝶〈默契〉

小說是虛構的，是看戲人入了迷，信以為真。太當真就出事了，太當假也沒意思。人間水月鏡花，所謂真不一定那麼真，所謂假也不一定那麼假。真真假假中都有不真不假的真實和謊言。在文學中的我，和在文字事工中的我，哪一個才是真？哪一個又是假？不真不假，到底還是謊言。不在神兒子的國裡，就在撒旦罪惡的權下。從來，沒有中間灰色地帶。

漫漫長夜，鬼在哪裡？我和我自己玩了一場捉迷藏。

不驚，不怖，不畏。

那日審判是要來的，我們都怕。怕不滅火，怕一切事顯露出來。不！也不怕了，凡事清清白白，都坦然了。再也沒有祕密了。彼時一定沒有謊言，乃是光明境域，完全的真實。真正的我面對真實的我。終於可以放下自己，讓一切恐懼隨風而去。

樹在暴風雷電中，有的折損，有的挺立成長。士兵們穿越槍林彈雨，有的喪生，有的安然活下來。政治運動翻天覆地，人性無非顯其卑怯醜陋，或者高貴誠實，也少不了搖擺不定，重重忐忑。命運交響曲。驚濤駭浪也是磅薄非凡，山高險阻也有絕世煙嵐山水。天路歷程，多少時候是踩著疑懼荊棘一路掙扎曖昧向前。命若琴弦，逃脫一個恐懼，還有另一個恐懼。

受困火場，吃下黑心油毒澱粉，飛機顛簸於晴空亂流，荒郊野外迷路了，睡眠時被百萬隻小蟲攻擊，想像魚被釣上岸離水那一刻，親眼看見子女被劫擄或掉落車軌，等待HIV測試揭曉，得知早年罹患阿滋海默症而面對自己即將點點滴滴消蝕，以至分崩離析，徹底瓦解時——怎能不驚，不怖，不畏？

心安，不安？

是啊喜怒哀樂，人生悲喜劇，恐懼仍在進行中。

今生今世，恐懼與我們同在。

慢

我看見他在天橋彼端，左腳抬空，是舉步要前行的意思。微光，背景是夜。等待他走過來，他應該走過來，他是要走過來的。一分鐘過去了嗎？或許有兩分鐘了吧。鏡頭明確給人定住了，總之這裡有個態度，就是叫你等。等著看他走過來，走得慢慢地來。

看不看？這成了一個選項。其實也知道，不會有任何事發生，劇本很單純，只是走。赤足。走過去就好。問題是，他不走。不，也走了，像等待日月星球旋成一線，齒輪絞動一下，他終於走了半步。

有了半步，就看下去吧。

光頭，俛首，披紅袍，兩肘半擎，指掌向上內曲，像一尊泥塑的僧人，可他在走。走一條路。看不清他的臉，也看不見他的眼，他是沉默的。鏡頭把他的對白和眼睛都封住了，只是讓他走，以一身的肯定慢吞吞地走，天荒地老地走，不驚不怖不畏地走。

我告訴自己，轉。先轉過身來，這就喘了幾口氣，眼神吊了幾次，再用手撐起半身，這一撐，額尖立馬盜了汗。緩一緩吧，但不能停在這裡，我要起床，我是要起床的。

有人說他走出了一身概念，有人說他分明是一身矯情。而在我看來，矯情演繹到了極處，就出脫了世俗，有了概念的生發，信息的延伸，藝術的完成。他把「慢」從形容詞走成了動詞。一個人加上一個動詞，創作的手勢一次到位，再多的就不必說了。

不知多久，他又走了半步。

他是那樣的靜，近乎塞耳啞口閉眼。天橋外是鐵道，有電車或火車轟隆馳行，而鐵道外又是一座人潮湧動有序的大都市，十字路口燈光流錯，廣播聲是女音日語，招牌廣告也都是日文。他走在另一種語言之內，滿滿的能量累積到頂點，說出了寂。不是散漫死沉的寂，是精氣神凝煉為無為的寂，是最不自然而成了最自然的寂。化繁為簡，此時無聲勝有聲。

半身都起了，接著便是把腿伸出床沿，這在難度上增加了，因為要用腰。人與禽獸最大不同，除了靈魂，還有腰。腰桿子。吃飯習字頂天立地，都用腰桿子。女舞者跳動的是一雙腳，寫出風姿萬種的是腰，水腰。凌波微步，水腰婀娜，才飄忽若神。女的有腰，男的也有。春宵一刻，夜夜盡歡，靠的是可以拍胸脯的公狗腰，多威猛啊！

他要從橋那頭走到橋這頭吧。我決定看下去。一人，一橋，一夜。也孤單，也寂寞。偶有行人走過，有漠視他的，有另眼瞅他的，而這些，他都知道也不知道。何必管人喜厭。他以絕對靜緩之速，如萬年冰川挪移，推動自己的腳步。即或不好用走啊走來說他的狀態，可他的確走在那裡。

鏡頭拉近他一些，他不再那麼遙遠，我彷彿可以感受他的呼吸。他其實不像有呼吸，可他不能不呼吸，緩慢挪動的半步就是呼吸。一呼一吸，他終於走完一步。一時之間，我不像是看他走路，是看他的呼吸。與他一同呼吸。沉沉地，無聲無影無止地呼吸。看著看著，看出了一個靜定，一次回歸深處的平寧，一片冰心。

他，慢出了一道昇華的影像。

折腰有兩種，一種是精神上的，一種是肉體上的。精神上的折腰常是迫於現實，好比說為五斗米折腰。人要溫飽，有衣有食方有廉恥可言。不肯出賣自己的人，得了一己精神上的勝利，卻要一家老小餓得直不起腰桿子。人生實難，出賣靈肉者大多有一把現實巨斧罩頂，處境堪憐，如李昂的《殺夫》。若這是一種心理疾病，那麼，有誰或多或少沒有精神折腰的病呢？

看不見的病最難治，相較之下，肉體上的折腰還簡單一點。肉體上的折腰，正名叫腰肌勞損，或者腰臀肌筋膜炎，俗稱是腰閃了。英文可以用「twist」這個字，說腰的肌纖維像叛亂一樣，成了渦狀形。其實就是捻斷了，歪曲了，或扭傷了。有朋友告之，腰背部肌肉共五層，又分深淺兩層，反覆多次損傷，會使肌纖維變性或疤痕化，刺激或壓迫神經末梢而引起腰痛。又有朋友說，傷過的腰就像折過的紙，再怎麼撫平，也都不能潔滑如初。

他，非常慢；看到底，好像也就走出了自己的煩忙，走出了欲望的纏繞，走出了爭攢的焦苦，走出了世間的荒蕪，走出了有為法的執著，走出了以神之名的道心之堅。是啊，你還可以說，走出了一個人，一條道路，一名跟隨者。

腰不支持，腳就不著地。我需要腳著地，換言之，我要站起來。從我學會站以來，我就是以兩腳立足於地，行走於千山萬水。現在，我還是必須站起來，只不知此刻要站立，竟比登天一樣。蜀道難，立足於地也難。

天亮了，貓在喚我，牠對於饑餓的耐心是有限的。而我，我想上廁所。從床沿走向房門，再走向廁所，縮小了步伐，約十八步。十八步是一條蜀道，一線懸崖，一座天橋。我絕不容許自己尿褲子；事實上當我終於勉力扶起自己而感心力交瘁時，我已經偷偷尿了兩滴。那麼，走吧。

我站在此端，提醒自己，慢。

他讓自己慢下來，世界也跟著他慢下來。至少，有個人是如此。這個人出現在《西遊》

之中，據說拍攝地在馬賽。此人成了他的跟隨者。白日市區街坊，人聲雜沓，他們一前一後，跟隨者邯鄲學步，那是芸芸眾生裡最不可睹、也最不能不睹的景象。

「慢，慢。」我每一聲都是慢。

吸氣，吐氣。慢，再慢。一步。兩步。不，不要急，慢，慢。氣要沉，是，再沉一點。好，三步，四步。貓縱身跑出去了，四隻腳果然厲害，但我兩足已夠了。可惡，我想打噴嚏，緊急蹲下。啊，再站起。六步，八步，過了房門。

初老學的第一功課，是慢。

年少色急鬥急，東闖西撞，過了四十就懂了，要慢。懂了就不惑，知道急不一定有用，急多半壞事，會砸鍋的。吃急的人都嚐不出蘊含，品不出層次，得不到精髓。沒有見過品茶的人是拿水壺來灌的。沒有見過一名藝術家的成就是一日升天的。立大志設大謀的人都能咀嚼一個字，慢；他能等。也沒有見過一個國家領袖站在億萬人面前是一副猴急樣的，他自然是持重的，抓得住慢的神韻，會三思而後言行。出手慢點兒，多半不有錯。

人說練性子、磨性子，多半指的就是慢一點。做父母的都必須慢。面對生命的成長，急也沒用；只能慢慢地來。慢慢地等他長，慢慢地教他學，慢慢地陪他度過一個個的坎，一個個的關口。

慢，是速度的形容詞，閒逸的副詞，戒急用忍的動詞。

慢，是時間的法杖。

慢是人為的，也是天然的。慢出一鍋好湯，慢出一季秋紅，慢出一個暮年，慢出一塊文化底蘊，慢出一座峽谷縱橫。塔是一粒粒沙子堆出來的。癌症是一個細胞突變複製而成的。感情是一天天培養經營出來的。車行在風雪冰路上，再性急的人，遇到再天大的事，好比婦人要生了，也總得慢下來。路，是一步一步走出來的。

慢，是一個概念，一個矯情的姿態。

我的廁所快到了嗎？

主宰

地板上滾動一物，我撿起來，是扁圓頭，十字孔，鋅質，約半吋長的一顆螺絲。初想，哪裡掉出來的？屋裡家具櫥櫃都瞧了一下，好像沒誰缺個螺絲啊。這樣就把它擱在五斗櫃上。

過幾天再看它，便想：若真是從某個家具掉下的，得趕緊把它拴回去，免得搞壞了東西。這回認真去比對，床頭板，書櫃，桌椅，開關面板，甚至天花板風扇燈罩，一一檢查去。結果還是一樣。

會不會是電器用品上的呢？若如此，就更危險了。電腦，電冰箱，電暖爐，檯燈，吸塵器，也一一看去，各個都好好的，不缺一個螺絲。

是啊，沒有一個地方需要一顆螺絲。

這個不缺，使它的存在變得奇特，也可以說荒謬。明明看起來是一顆完好無缺的螺絲，卻一無用處地落在旮旯裡，愈看愈顯得畸零。

畸零，餘數。這是整除之外多餘出來的一顆螺絲嗎？不！它不該是多餘的，也不是被遺棄的。不知怎麼，我執拗地相信，它一定屬於這屋子某一物件上的一部分。它的存在必然有所屬，它是為此而生。

又過不久，再看它，心念一晃，像看見一個坦蕩蕩的遊子，有逍遙之態。好像那一天，它離開了母體，脫去了它所屬的社會，丟下了長久加諸給它的責任，而跨越出巍峨巨大、警衛森嚴的城堡，也邁出猥瑣和敬虔的苦痛掙扎，呼了一口氣，選擇了走自己的路。夕陽西下，它向舊日所在望了一眼，斷捨離的複雜情緒浮現出來。走吧！它告訴自己，它是樂意這麼活的。

諷刺的是，出走與被隔離、被遺棄(有明言說，它是罪人！)，幾乎同時而生。這一切它都學習不在乎；或許它更慶幸，終於可以到一個沒有聖言，沒有體制和權力腐化的地方——國中之國，一個真正的天堂。它的身影畸零，可是又伴隨著一股勇氣，一種自我實現的浪漫，即或有時候，它也必須忍受不被理解的淒涼(何況還有灰塵團的沾惹，以及貓爪子的戲耍)。

它行走於地上，飄泊自足，口中也時有吟哦。不是采菊東籬下那樣清怡的詩句，可能更像修行者的對話，赫塞的流浪者之歌。都是些人看為無用的文詞。然而，無用可以大用。它是一個孤獨國的詩人。一隻純粹獨立而擁有心靈自由的文學漂鳥。

它走啊走，漂啊漂，終於落到我的手裡。明確地，我想我就是家主。換句話說，我就是它的主宰者。我能立定它的疆界，安置它的一生，判決它的前途。我的意志高過它的意志。這屋宇一切運作，全在我的念想裡，也就在我的手裡。這樣說來，我是不是一個更大的體制，更難以釋開的權力枷鎖？

一個詩人會死在我的手裡嗎？

路

時速六十哩，遠光燈告訴我們，車子正經過一座樹林。我握方向盤，行在雙向單線道上，兩眼所見的只是路，還有黑夜。不，還有一雙小眼睛，困惑而驚疑的一雙小眼睛，從林子裡探出頭身來。我很快辨識那是一隻小鹿。

我說，有鹿。

車光迅速推進，再看是看不見了。我從後照鏡掃了一眼，那剛走過的路只是一片黑。是一隻美麗的鹿，身形輕靈迅捷，個性安靜又敏感的野鹿。牠會走出來嗎？牠知道牠看到的龐然大物是什麼嗎？估計牠也不知道牠蹄子下不同於泥土的這條長長的東西，叫作路吧。

小鹿會認得月光星光，知道春草鮮嫩多汁，也警覺得到惡狼虎視眈眈，可是牠不明白，山野裡、平原上、河谷中總有一條被人類稱作為「路」的東西。路縱橫綿亙，如蛛網密布，上頭卻一枝草不長。路都到了天邊，還能往哪裡去？那些怒跑在路上的，成長兩隻大眼，亮閃奇異的光，拉出一屁股臭氣，都去天邊找什麼來著？

天邊有什麼呢？

有神嗎？我問。

今天我一個人開車來，車上只有我，和安哲羅普洛斯（Theodoros Angelopoulos）《Eternity and a Day》（台譯：永恆的一天）原聲樂。雪融盡了，都想不會再有雪，不料上周又下一場。空氣濕度很重，細雨霏霏，涼薄的風絲絲透出暖意了。眼前看去是新綠萌動，柳樹搖曳，彷彿有江南的煙霧迷濛。

農田在翻土了，這冬雪量差強人意，土壤怕是水分不足。幼鷹學飛，牠們在樹梢上翱翔，辨認風的形狀，呼喚風的名字，然後驕傲地駕御它。有的田約莫已撒種了，鳥群看著都雀躍不止。馬總是低頭在嚼食。一隻紅狐狸從路邊劃過一道身影，可能正要回自己的洞裡。

到了，小石子路，限十哩，緩緩把車停好。不算遲到，可也遲了，「千人的手不能阻我，萬人的眼也不，路上荊棘不過助我，忠勇進前得福」，這班研習聖經，追求真理的人開口唱這首詩。

手容易擋，眼難擋。

藐視的、厭棄的、鄙夷的千言萬語，每一字、每一句都成荊棘的刺，包圍再包圍。

荊棘也能編成冠冕。掛在木上的那人種下的是羞辱，卻從復活裡收取榮耀；種下的是軟弱，又從復活裡收得強壯。

黑暗中一盞小紅燈晃動，似乎向我而來，我直覺該把車慢下來，但來不及了，我的車開快過去。交會那一秒，果然如我所想，是阿米許人的馬車。真懊惱，忘了收遠光燈，恐怕人馬都感刺眼了。

這麼晚，馬車還出來？躂躂馬蹄行在柏油路上，白日裡他們盡量靠邊，來往車輛見了，都放慢速度繞過去，可這夜晚，暗冥冥，誰見得到他們？日出而作，日入而息，這馬車出來做什麼？有社區聚會？

這馬身邊還拽著另一匹馬，受拽的馬被鞍轡扯得瞠著白眼，咧開牙嘴，側身而行，形狀很是猙獰。是出來拽馬嗎？這馬怎麼了？又為什麼不多裝幾盞燈，不然後頭的車如何看見？

我想像夜幕深了，一輛被撞倒的馬車，馬哀鳴，人臥血泊中，燈火熄滅，肇事車輛燈束呆滯茫然，引擎冒煙，疊壓在破碎的馬車上，駕駛人正在用手機打電話聯繫。

「馬」路。

再也沒有「馬」路。島國很多馬路都是共用的，人與車。大人、小孩和拄手杖的耄者走在一條馬路上，計程車、腳踏車、摩托車、貨車和各式轎車也走在這條馬路上。馬路如虎口。

C說，有幾個女孩喜歡你。

我說，怎麼可能？

C說，喜歡什麼樣的女孩？

我說，今天天氣很好，可惜到處是花粉。

是啊，春日融融。C是單身母親，四十多歲看似三十，她常同我往返於途，我們在車內又談又笑。有那麼一瞬，千分之一秒，我想我們有可能嗎？那凝脂清香的手多麼值得獻上一吻。可我沒有。

我怎能如此克制自己？

過彎處一塊小紙板，去年秋天就有了，板上有照片，我相信那是一則啟事，尋狗？尋人？為什麼要尋？是被拐走，或是迷失，還是離家出走？始終沒有看清照片中的像，應該不會是貓。貓不屬於任何人。貓不會迷失，牠的迷失是對你的放棄。牠有自己的選擇。

是你的就屬於你，不是你的不會屬於你。

風吹雨淋，紙板都皺糊了，今天發現換上新的，可見尚未尋獲，卻也說出了思念漫漫長長。路有盡頭，思念無絕期。是一段刻骨的感情才如此吧。他們到底經歷了什麼？所有眼淚都流向哪裡？

抵達了，總是坐在會中最後排，聽眾人唱詩禱告。教授這兩周的主題都圍繞著十字架，《加拉太書》中的十字架。

十字架的道路要犧牲。

愛的最大能力，乃是在於愛的捨棄——那就是犧牲。最偉大的領袖一定都懂得犧牲。愛是叫死在自己身上發動。愛沒有揀選語言種族膚色性別，愛絕不至於致人於死，愛裡沒有妒嫉憎恨。

誰沒有愛？誰又有愛？

奧蘭多酒吧槍案。《斷臂山》傑克之死，「He died on the road.」（他死在路上了。）——Willie Nelson〈He Was A Friend Of Mine〉。

林花謝了春紅，落入土下。我厭惡了一個人。厭惡黏上心，反倒時時日日想起那人。「有時也有爭鬥，弟兄反對弟兄，誰都想要打出最重拳頭，誰都洶洶」，糾結盤了根，斷了又生。開車時，想起一人，竟心生歹毒，巴不得他造了禍，命喪輪下。

我是一點沒有愛。

「我們常裝出信仰的表情和虔誠的舉動，卻用糖衣來包裹惡魔的本性。」(People act devoted to God to mask their bad deeds.)——莎士比亞

這裡道路標誌常有一塊黃色警示牌，上頭一隻前腳躍起的獸，是告訴你：有鹿出沒。下了交流道，夜晚回到城市。華倫路才修了這段，又修了那段，叫人慨歎。

滿眼綠樹，風向南，日照時間變長了。H總是遲到，今日有事不搭車。C也沒說要搭車。又是我和安哲羅普洛斯。悠揚又悲愴的生死離別。苦難蛻變成詩。苦難也是啟示。

到底有沒有神？

見一隻小鹿斷頸躺在路邊。

見一隻松鼠破肚橫屍路上。

又一隻松鼠。

一隻臭鼬鼠。

兩個月前見一隻大火雞逛大街，穿越馬路，來往車輛都停讓的。鈴——手機鈴響，教授打來電話，語氣不佳。過了威靈頓市中心，我還有十五分鐘才到。農田看去都整頓

好了，作物要來了。

車左轉，一隻鳥站在路中央。牠會飛吧，我想。鳥當然會飛。車靠近了，鳥振翅，振翅了就要飛。咚！牠飛到車底下，我想完了。後照鏡見一物在路中央掙扎，是牠嗎？

宗教制服，宗教組織，宗教的至真至善滲透了矛盾的荒謬的恐怖本質。萬人的眼可怕，萬人的宗教之眼又如何？宗教的極致追求是世界的大悲大難嗎？宗教的最大敵人就是自己。

走天路的人啊！

「為眾人抱火的，不可使他凍斃於風雪；為世界開闢道路的，不可使他困頓於荊棘。」——慕容雪村

路，因譬喻而有，因灼灼夢想而生。

午後我特意出門，循路見一物臥倒於地，是鳥。肚腸破裂裸露的一隻知更鳥（Robin），眼神驚恐而亡。嘴微開，再也不能啼，不能大鳴大放。死亡是一個偶然的錯誤，又是一個絕對的終點。

我將牠收拾起來，帶到聚會場外林樹下，託人用鐵鍬挖了一洞，將其埋葬入土，疊

以兩塊石頭。安息吧！你知道我的歉疚。

C已有追求者，她將得到歸屬。

今晚散會得早，載W回城。從去年夏末，我就來往於這條路，一周五次，早去晚歸。為期十個月。經秋過冬別春，晴陽暴雨，大風大雪。此刻，炎夏的風正興起，夜色將落未落，車燈關了又開。田野平疇外，景物朦朧，雲霞斑斕而蒼涼。是詩人說的，暮靄沉沉楚天闊。

三十年信仰不真不假。

何去何從？

山巒煙嵐繚繞，時而澎湃如流，時而溫柔繾綣。一姑佇立峰上，傲然眺望遠際。聶隱娘緩步而來，靜定沉著，向姑跪拜，又去。途中姑出手試其意，聶隱娘斷然還招，不改決志。

她選擇了自己的路。

等

雙子星轟然坍下後，我想，紐約消失了。隨後，我告訴自己，等吧。等它重建，再等新的雙塔立起。後來等到了一座自由塔，高一千七百七十六呎，從紐華克機場搭火車進曼哈頓時，就看見她了。

我於紐約是有等待的。

等待既做為一個動詞，其實是非常被動的。它的完整句式，大多倚靠另一個字，來。來了，就完整而完成。不來呢？就常有淒淒慘慘戚戚的慨嘆。說常有，是因為不盡然，如果來的不是你想的，也還是淒淒慘慘戚戚。華枝春滿，天心月圓，難免也有慨嘆的，不過再等兩日，風狂雨驟，便是一闕蝶戀花，不久就是月如鉤。

紐約還在，紐約從早到晚都忙碌，有千萬隻腳在地面上或地鐵站出入，有千萬盞燈在馬路上閃爍或巨林大廈內外明滅，有千萬張口正在飲食或說話，有千萬筆信用卡消費或網購買單正在流通，有千萬件衣飾同時被丟棄或正在穿上。華爾街紙醉金迷。百老匯歌舞不輟。男歡女愛新舊輪迴，永不疲倦。三個機場塔台指揮汗流浹背，公路隧道廢氣沖天，移民者與遊客魚貫而來。任何一節車廂都是微型聯合國。這是欲望城市。

跟瀟吃完一頓韓國餐，道別後，從劇院區蹭到時代廣場來。這是十月，秋夜沁爽，我趿一雙涼鞋便出來了。滿眼的人啊，滿眼的霓光看板廣告。紐約是美國人的驕傲嗎？她竟像是屬於全世界的。萬國來朝。人聲沸揚。喜氣洋洋。到處生意都火紅。

穿梭在手機光、車光、霓光中，萬一，若說萬一，有個人出於自願或經過被訓化後的自願，綁著一綑炸彈在這裡引爆，那麼，我就走在一場驚慌四逃、熊熊烈烈的火光中。

二〇〇一年九月，他們來過了，不是嗎？而我，上一次來，是千禧年。這樣就一別十五年。一冬過一冬，這期間我沒有再來過。記得那年來，飛機抵達時已夜深了，偌大的紐約我不識一人，只知道會有一間青年旅館在等我。這次呢，我是來等人的。

等，做為一個被動的動詞，毋寧也像錯亂的節拍器，快慢沒有標準。有時很快，有時很慢。種一棵樹，得等很久很慢；到麥當勞點一份漢堡，等得很快了。釀一罈女兒紅，得等閨女出嫁日；買一雙新球鞋，頂多排隊等一天。公車有時等五十分鐘來，有時等兩分鐘來，有時不必等就來了。醫院，郵局，銀行，旅遊景點或知名手機店，多有等候的人。等天下雨，其實是等神蹟。

等一個人來。

雙子星灰飛煙滅後，遺址成了兩座坑，後來順勢成了兩個黑色方形瀑布紀念碑，有

WALLACE COLE HOGAN, JR.
DEAN E. MATTSON
KIP P. TAYLOR
IS M. JOHNSON
JOSE O. CALDERON-

平面銅牌圍繞，鐫刻罹難者名字。數千個名字中，一定有無神論者，虛無主義者，女權主義者，或者佛教徒。無疑的，一定也有回教徒，猶太教徒，天主教徒，以及基督徒們。黃就是我知道的一位基督徒，也許我能找到他的名字，但是沒有。我看見一朵飽滿嬌羞的白玫瑰插在一個名字上，他叫 WALLACE COLE HOGAN. JR.。

午後天陰得沉，看著要下雨，俶爾就下了。及時到了 TOTTO RAMEN（鳥人拉麵），才知五點開放入場。來客一個個按編號填名字，然後在門簷下，傴仄地擠在一起躲雨。黃種人，白種人，混血小孩都等在這裡。也有拿傘等候的。門庭若市也就這樣。等了一小時，五點進場了，一個人坐吧檯。點了一碗拉麵、一盤小菜。

其實十五年中，我還來過一次。那夜，和友人開車過曼哈頓，瞥了一眼時代廣場，留宿在長島。隔天我未出門，友人獨自搭車出去，想必玩瘋了一天，深夜才回來。再隔天，我一個人開車離開。對於我的任性嫉妒，這些年來，我只有後悔。我欠伊一句道歉。

怎麼道歉呢？雅虎信箱已經替我消滅伊，將伊焚化得一乾二淨；手機號碼也被我親手封存在歷史的黑暗灰燼中，隨一陣風吹得無影無蹤。想來是多可笑的悲劇，多荒唐的結局。

伊沒有再出現。十年。

有的人性急，不耐等，尤其等女人出門，就口火腳火。有的人倒經得起，能與時間廝磨，十年孤窗苦讀，等到了一身狀元服。王寶釧寒窖中等了十八年。懸案等了若干年，終於破了。不肖子不聽勸，就說等他自己清醒。愛一個人，就說不要驚動、不要叫醒我所親愛的，等他自己情願。猶太人幾千年翹首所等的彌賽亞還沒有來。

一早得知今晚紐約影展有《刺客聶隱娘》，趕去林肯中心艾莉斯杜麗廳，才知票已售罄。只能候補。雨和閃電裡，我從六點二十起，就站在候補隊伍中。等到八點二十，都無釋票消息。此時一男子持一張票來，以為他要脫售，不想是要贈人。他贈予了我。

侯導和許芳宜上台，向觀眾鞠恭致意，全場掌聲雷動。「Thank you for my film.」（謝謝你們來看我的電影。）侯導就說了一句話，刺客隨即上場。一棵樹下，風吹衣袂，師指認大僚，授徒以黑色羊角匕首，說：為我刺其首，無使知覺，如刺飛鳥般容易。刺客與大僚錯身之際，穿過馬腹躍身而起，瞬息匕首刺大僚頸。

刺客殺人。

不久刺客心思縈迴，眼神隱隱流動，終於暴露她「道心不堅」的底性。是誰說的，侯導的聶隱娘是個柔軟的人。為小孩而不殺，為舊時情人仍記得往事而不殺，為情人的小妾一句「我為她感到不平」而不殺。山蒼蒼，野茫茫，殺人何以能成道？水渺渺，雲浩浩，幸其「道心不堅」，所以照見人之本性。

笛笙響起。

山巒青芒草長，煙嵐欲靜還動，一行人馬緩緩而去。

聶隱娘按著本性，走自己的路。

路，可以走出來，等不容易。從字形看，「等」好像竹林下有座禪寺。宇宙有天機。修行的人最難學的一個功課，就是等；等天的時候，等別人的時候，等自己的時候。凡俗人更是在等的事上過日子，做父母的等兒女成長成材，做生意的等客人絡繹上門，坐在號子裡的等螢幕一片焰焰長紅。街上流浪貓等好心人定時來換水供食。

等狼狗暮色。

等水中林鳥凌空旋飛。

中央公園綠蔭清涼，人們卻樂意曝躺在日頭下。秋色才起了頭，離奼紫嫣紅黃葉遍地還很遠。不能行在紐約的秋濃裡，真可惜。據說伍迪艾倫不愛大自然，他拍電影也就不必等落日鎔金、獸雲斑爛吧。想大概也不必等資金到位吧。辰飯後陪我走在這裡，見湖水青青依依，遠樹外傍立美觀巨廈，涼亭中音樂家演奏大提琴，一小女孩拉著弟弟翩然起舞。辰從中國來留學，才大學畢業，就找到年薪十萬的工作。他的歲月如同流淌在這公園的金色陽光。

　　而我猶記這公園裡的黑。那年來，我從地圖上判定，可以從東城一直線穿越公園，正好抵達我在西城的旅宿。天暗了，我走著走著，竟因靉靆樹叢裡魅幻般的人影幢幢左轉右拐而迷路了。我怕了。尋路燈灼亮處，向有光的地方走去。大口呼吸。有光就有影。杯弓蛇影。受脅迫與傷害的陰影。正如我此刻坐在地鐵，才坐進來，一陣廣播後，人人面面相覷，就知有事停駛了。不願意等的，先行離去了，也有不少人留下。後來有人動搖了，起身扯了背包就走。看著一個個轉身離去，我有些等不住了，閉目休息吧。又廣播，一串模糊音聲抓不住幾個關鍵字眼。惟一確定的，不是恐怖攻擊訊息。

　　賓拉登死了，蓋達仍在，伊斯蘭國又興起，一顆顆人頭落地。巴格達，伊斯坦堡，波士頓，洛杉磯，巴黎，布魯塞爾，等等，可怕消息不定時傳來，全球大放送。那些高舉聖主之名的也是堅定自己理念的，那些捧讀聖言之書的也是宣傳個人信條的，那些奉行愛與和平的也是進行恨與毀滅的。最荒謬的演出來自最嚴密全備的劇本。善霸與惡霸都是一人。

　　等一隻扶助的手。等一把刀揮下。等一夜成名。等一段戀曲。等一名嬰孩誕生。等另一朵玫瑰先死。等一顆星墜落。等一個國降臨。等一個王朝衰亡，有時要數百年，有時只要幾十年。

等一個人來。

等若有顏色，也許會是草色。草色遙看近卻無。龐大中央車站，燈影交輝，天穹頂上有星軌眾神羅列，地石板上有人群來來往往。百年圓鐘針轉不輟，重覆上演道別離去相見。坐在地上一角等待，看著像來了，卻也不是。又看著像來了，也不是。如何想不到，竟看到了黎明。不是《甜蜜蜜》與張曼玉在紐約街頭交錯再交錯的黎明，是加拿大友人黎明。女的。她拖拉一箱行李，打我面前過。她也想不到一個坐在牆邊的醜小伙子會是她的朋友。

「黎明！」我喚她，跟著起身跑過去。

她回頭，一見我，樂了，說要立刻拍照上傳微信。

我說：「我們這樣算不算天涯相逢？」

互道珍重後，我又坐回原處。草色連綿千千。滑手機吧。滑啊滑，等頁面轉出時，抬頭隨意看——那人在燈火闌珊處。萬人中的一人。草色成真，飛奔到他那裡，碰他一下。他轉身。都笑了。

是南國來的珍貴友人啊。

天起了爽風，那是海風，風吹拂臉龐。風上有鷗。陽光又明麗又清和，多麼好的日子。渡輪起航，登上層甲板，迎海天長闊。藍藍海水柔得像一位剛懂事的少女的眼，又像一位成熟的母親的手，還像一首莫札特的小曲。船滿座，遊客們都用母語交談，不知這裡有多少母語，包括我們的。

雲舒卷，雲自在。

船緩緩靠近她，頭冠半圈尖芒，身披羅馬式衣袍，左手持〈獨立宣言〉，右手擎火炬的女神雕像，高高踞立在海上。「啊！美國」，數十億人看見她時，口裡心裡都有這句話，卻多忘了她來自法國。所有看見她而登入這塊國土的，都渴望著她給予的自由和機會，也等待著為自己開啟一段新人生。Once upon a time in America，往事並不如煙。

船再起航，向艾利斯島前進。我回首再看她，想起她手上宣言刻記一個年分，一七七六。移民博物館就在前面，我眼光卻遙向曼哈頓島。島上摩天樓拔天群立，有一座自由塔。我很容易就看見了自由塔。

等豺狼與綿羊羔同居，豹子與山羊羔同臥，少壯獅子與牛犢同群。

等天下人道心未堅。

等永遠不再等。

菸

弟又抽起一根菸時，我好像明白了什麼事。

家裡抽菸的人就兩個，爸和弟。我不抽菸。我也抽過一次，那是很小時候，看大人抽，整天抽，就好奇說要抽一口，大人也允了。兩指夾起菸，輕輕顫顫地上口，抽了一口，嚴格說是「啜」了一口，菸沒抽上，就學樣兒仰嘴吐。自然是吐不出什麼，大人看了笑，我自己也笑。

很快我知道抽菸不好，好像壞人都抽菸的，可我爸就是抽。在屋子裡抽。三合一，喝酒，看電視，抽菸。每次脾氣來了，就三字經批呸叫，滿嘴臭氣。後來我大了，就禁止他在屋子裡抽，「你去陽台抽！」他就乖乖去陽台，一個人對著夜晚吞煙吐煙。

我爸幾歲開始抽菸不可考，至於我弟，可早了。小學五年級吧。先是蹺課，再是抽菸。起頭是偷偷地抽，後來被逮到了，就大剌剌地抽。一個小伙子成了家裡大老子，誰也管教不動。有一天他告訴我，哥，我做愛了。那時他才十五歲。從此他就走進成人世界。煙臭臭，可他的人生成形了。

後來我又抽一次。應該是在軍中吧。聽一個弟兄傾吐心事，他抽菸，菸捲著他的一圈愁煩，一絲絲抽出自己，燃燒自己。煙火哀傷，如蠟炬成灰。他不哭，我等著他哭，他應該哭一場的。不知怎麼，我夾走他的菸，輕抽了一口。煙吐在空中，苦嗆得很，他見了笑，眼淚跟著撲簌流下。

煙，薰透了我爸的肺。白煙子進，血紅子出。他只好去看醫師，醫師說戒菸了喔。他虛應故事，說好。後來是不能不戒了，因為人都住進了醫院，這才甘心又不甘心地戒了。殊不知戒了也沒用，他徹底倒下了，靈魂出竅，軀體化為陣陣腥腐白煙，隨風而去。

弟的女友無數，每個女友都待他好，可是說到戒菸，沒輒，再說就翻臉。原以為他會持續暢遊情海，讓天地都分享他的這份愛，不想他奇遇一名女子，纖纖動人，終於收服了他的心竅。怎麼知道？因為戒菸了。

女子說，不戒菸，不結婚。

心竅被收服的人，頭腦只能發昏，發了昏就想結婚。終於戒了菸，結了婚，孩子半年就生下了，是個女娃。他抱著女娃，無比激動，無比驕傲，像生命獲得了複製。他說他抱著的，是一個人啊。

人是什麼？人的生命原來是一片雲霧，出現少時就不見了。可是人生偏又路途遙遙，千斤責任，萬斤重擔。

又懷孩子後，我弟不要，我弟媳要，兩人爭執不下，大吵一架。弟媳動了胎氣，大量出血，知道失去了再得一個人的機會。而那晚，我弟，一臉無動於衷。他一句話都不說。

他又抽起一根菸時，我似乎明白了，那輕煙薄霧裡演變百種人生，裡面總有一個形影，是他所盼望活出的一個樣。

光

我們在過馬路；她說，這眼睛就像兩個輪子，少了一個。

這是三岔路口，號誌燈看得霧煞煞，該過不該過，各隨自由心證。日頭跨午，這難得的冬陽明燦照人。

紅磚低欄學舍，綠樹校園，街邊商家小吃店，新建華美大樓，老舊公寓，白雲悠悠，柏油地上斑馬線，行人，自行車，大小車輛，一隻黃狗在蹓躂，貓兒躡步圍牆跳入隱蔽處，等等這些，或那些種種，都在光中被看見。

「世界多美好！」亞當被造之後，第一句話可能這麼說。

那時的世界於他只是一座伊甸園。

日月精華都以光授予。

暗嘸嘸，就是黑到底。明明有的，也就沒有了。

於是光，自始至終，都以奧偉聖潔的形象普照全人類。葡萄美酒，靈芝蟲草，玫瑰蜂房，泉水琤瑽，風吹草低見牛羊，都在光中孕化而成。繁花盛開的森林，無花果樹結實纍纍，牡鹿躚山越嶺，麥浪平疇翻動，秋水共長天一色，甚至一碗鮮濃魚湯，一匹綢緞，一瓶香奈兒，等等這些，或種種那些，無一不是透過光的運行生長而來。

O sole mio.（啊！我的太陽。）

據說人類什麼都能複製了，只有光合作用不能。誰能發現光的終極祕密，複製光合作用，他就能再造一顆地球。他就是神。

聖書說，神就是光。科學家說，光是電磁波，每秒移動三十萬千米。歐基里德寫了一部《光學》。畫家都知道，一切色彩都由光析透出來。攝影家宣告，攝影是以光來發聲。能源部長倡議，我們只有光能，沒有核能。評論家以光譜做各種量器，盡其推展定位。而詩人說了，黑色的眼睛是為了尋找光明。

兩星期前我和她去龍山寺，她為的是禮拜神明，我為的是看于右任手匾，光明淨域。光照在黑暗裡，黑暗未曾勝過光。寺中香火鼎盛，長桌祭品，一片虔敬心靈祈願。到有光的地方。

也有無光的地方。

也有不接受光的所在。

光來叩門，一叩再叩，沒有人迎接它。光留在門外，氣餒了。光也有勝不過，到不了的時候。陰暗是光的疲倦。

光真是到她這裡，就疲睏得醒不來了。

「有看到嘸？」醫師問。

「嘸。」她答得很簡單。

「好，再換一眼。這有看到嘸？」

「一點點。」

逝者如斯，「光」陰流「水」。光既以流水喻，就有可能被凍住，走不了的時候。後來確實有人這麼做到了。他們讓光減速，甚至停止了十六秒，後來增進到六十秒。是以一個不透明的水晶體做介質，先發出一道雷射，激發量子反應，使晶體透明，再射入一束光，關閉雷射，這樣，就將光拘留在內了。

光，終於止步不前了。光被「封凍」起來，無路可走，留給瞎眼人一絲希望。不是嗎？眼睛裡有光了，世界才展現出來，人事時地物，美與醜，高貴與卑陋，卒睹的和不忍卒睹的，奢侈的和日常柴米油鹽的，全都有了影像。

醫師判定，右眼早已全盲，左眼有白內障，視力僅達〇・一。

每個人都有兩扇窗門；她說，她只有一隻輪子啊。人是一部二輪車，手拉車。那麼，拉車的是光。光只能用○‧一的力量來拉她，她跟著光走，請慢請慢。習慣了那一點點光，強光反而受不了。

一隻輪子的車能走嗎？她用六十多年人生，證明可以的。

那是窮苦而平凡的人生；一個生來弱視又盲的鄉村女子，照顧眾多弟妹，洗衣煮飯，到髮廊幫人洗髮，結婚生子，自製豬油，日日切菜炒菜，清潔打掃，逢節過年祭祖備牲禮。我一直忘了（是不經意忘了嗎？），她還出去給人幫傭，到製皮包的小工廠給人做飯。還有，她去做筆，坐在微弱燈光下，組裝一支圓珠筆，賺一角；十支一元。五元買一瓶養樂多。

日後我讀到一則故事：耶穌從那裡往前走，有兩個瞎子跟著他，喊叫說：「大衛的子孫，可憐我們吧！」耶穌進了房子，瞎子就來到他跟前。耶穌說：「你們信我能做這事嗎？」他們說：「主啊，我們信。」耶穌就摸他們的眼睛，說：「照著你們的信給你們成全了吧。」他們的眼睛就開了。

這故事稀奇，瞎子是看不見的，怎能一路跟著耶穌？耶穌進了房子，他們又如何認出他，來到他跟前？至少這故事告訴我們，兩個瞎子不是全盲，他們也有○‧一的光拉著走，某種程度可以自理生活。

而他們能認出耶穌，倒是叫我羨慕的，這怎麼說呢？再也沒有比這更尷尬，又傷心的事了。好多次，她從南路市場買菜回來，拖著菜籃仔車，走在人車混雜的馬路上，正巧遇上我出門，也走在路上。我們彼此迎面而來，都走到面對面的距離了，她還不知道那是她兒子站在前面。直到我喊了她一聲，她才立住，笑說：我眼茫茫，認不出來。

我都勸她不要一個人去買菜，她說，走幾十年的路了。

問她怎麼過馬路的？她答綠燈亮時，跟著人走。

一日停電了，全城陷入極深黑夜，我瞑目，讓雙重黝暗籠罩我，吞噬我。我想像「眼前」有一道樓梯，「下樓去吧！」於是我走。我握扶手，舉步下樓，一步接下一步。拖起菜籃仔車，開大門，從巷弄出來，轉進馬路，彼時日頭太猛，一片模糊的人來人往，大小車輛奔行。請慢請慢，你站在虎口上。

我想像，我拿著抹布拖把，赤腳走在肥皂水灑過的磨石子地上，清潔室內桌椅地板，廚房流理台、抽油煙機，陽台鋁門紗窗，神明桌上下，貓廁所，以及室外出入樓梯。請慢請慢，你看地上很滑的。

我想像，有一天我摯愛的人，終要全然進入走不出谷底的黝黑中。大千世界向她閉鎖了，給她一座打不開的井，由她的手腳去摸索。十分鐘後，我睜開眼，頹然坐下，有淚幾乎奪出。

黝黑到底是什麼？它無遠，無近，無面色。它單調，深不可測。它隱晦，又無法忽視。它是絕對的孤獨，又是完全的靜謐。它給你睡眠的提示，又給你夢魇的縈繞。它收聚疾病、邪蕩與汙穢，又營造一種侵犯不得的品牌，一種出類拔萃、睥睨人世的風格。

不，黝黑只是光到不了的地方。

黑暗之鄉。

大抵有病的人都求痊癒，瞎眼的人都願看見。只有一位女詩人，她是虔誠愛主的基督徒，從小兩眼全盲，活在沉沉黑夜中。卻有一日，她經歷了醫治，有個人為她按手禱告，開了她的眼睛，晨曦、晚霞、星光、雲錦都展露在她面前。不久她寫了一首詩歌：

世上景色我已一閱，求你使我目復盲，
不然我怕祂的喜悅，不如從前的顯彰。

詩中的「你」是那位行醫治的人，而「祂」即是她所愛的主。世界萬象繽紛，心隨目轉，不如在黝黯幽暗中，只見我主一人。她是只願單單向著愛主而活。而我的「她」呢？

她渴望一雙什麼樣的眼睛呢？六十多年來，她曾否舉香在神明面前吶喊，可憐我吧，醫治我的雙眼？

「都是命運帶來的，只能接受。」三岔路口，我攙她過馬路時，她淡淡說了這句話。是那種無怨尤的淡淡，相信天命有自然法則的淡淡，彷彿嚴冬已往，春日裡顯出的一片淡絳淡綠。

迷濛的淡淡的春天。

我們一起過馬路，兩個人都走在光中。

到有光的地方。

光明淨域。

火

日頭是一團火。

萬物旋轉。

該出門了，我看錶。

招計程車，上了橋，過西門，到台北花園大酒店。邦說這裡離羅斯福路近，離長沙街也近。是的，都近。我看重熙門就在旁邊，龍山寺延廣州街走就到了，總統府凱達格蘭大道也是一箭、兩箭之遙。

陰小雨，濕漉漉的天氣。

強收到邦的LINE，說會遲到，叫我們先吃。

強不知我一直記得他的生日，七月九日。某天放學，火染出一片彤雲，像大鳥展翅於天際。我就走在這條路上。中華路。不知聽誰說的，這裡有唱片行，可以買到好聽音樂。

我找到了佳佳。狹窄樓梯上去，二樓小店面，果然琳瑯滿目是音樂和海報。是強說過他喜歡薩克斯風嗎，或是我彼時心曲正像薩克斯風，還是我聽說薩克斯風充滿動人情調，我都忘了，只記得我要一盒組薩克斯風。有，索價不菲，一、兩千塊吧。

我走出去，再找。上天橋，下天橋，還是走在這條路上。車流交雜，土木興工。天漸暗了，路燈火了，城市燃燒起來。我放棄尋找。回到佳佳，我到底買了那盒組薩克斯風了嗎？

強會記得這件事嗎？若我最後沒買呢？

強生病了，我去年才知道的。

那天下午上機前，他突然來到我家路口，說知道我在台灣，見一面吧。我肯定地說好，看錶，時間也夠，就見了面。他還是那雙又明亮又容易失焦的眼睛，面容可以終日悒鬱，可以一時脫序笑浪起來。惟有頭髮失去一大片，也不遮掩，算了吧，都結婚了。

馬路對面咖啡館，坐下了。我帶一本書送他。他說他信主了。我聽了好歡喜，好歡喜。後來說做了試管，生下一對雙胞胎，都男孩。又說生了病，疼苦難眠，很可能是類風濕性關節炎。

腫痛的時候，整個人像被火燒灼。

猶記得一次，他打電話到我服役單位來，煩躁不安。我問怎麼了？他竟說性欲難捺怎麼辦？好想，好想啊！我握著話筒，血脈加速，相信臉色也爆紅。不答也要答，只能囁嚅著說，快結婚吧。

情欲似火，青春就是火。

火煎火熬的歲月。

學校位於北盆地，離山不遠，抬頭就見山。青山蒼蒼，煙雨茫茫。隔座同學用手點我，一臉笑，叫我看褲襠——那裡有隻小公雞在勃動，一下，兩下。他是為自己感到驕傲。我尷尬，也笑，全身陷入火海。

原來每個男孩都養著一隻火鳥。

那年還不識強和邦，要隔年才認識。

身體好些了嗎？都點了午間套餐以後，我問他。

他搖頭。

終於他牽起一女子的手，結了婚。

婚姻是樂園，是圍城，是糞坑，是道場，是火場。他都沒問我結婚否？可他去年也知道，我不是一個人。我有貓。

貓接近人，說是因有人在的地方，就有老鼠，也有火。為了吃和取暖，貓以千柔百媚的肢體語言，取得人的喜歡，叫人為牠神魂顛倒。最後牠征服了人，視人為奴。

我坐沙發伸腿看電影，貓貼我肚皮上，盤曲臥睡，打呼嚕。我是貓的暖墊。牠知道我有火。體溫是火，五臟是火，內心是火。火癤子身上兩顆，臉上兩顆，來自無名火，妒火，怒火？有些人有些事太可惡了。至於情火，那就不用說了。

一路火燒火燎。世界也是。

槍火，炮火，戰火。飢餓燎原，疾病燎原，恐懼燎原。

更早時候，耶和華將硫磺與火從天上耶和華那裡降與所多瑪和蛾摩拉，那地方就煙氣上騰，如同燒窯一般。

活活被燒死的人有多痛？！

活在煉獄裡的人就是一直被燒的人吧。母親早早叮囑我，她往生後，切記要等她死透了才燒，只因七天內，人的靈魂還在，仍有感覺。想起八仙塵爆，想起火燒車，想起聖女貞德，想起《紅字》（*The Scarlet Letter*）的海斯特・白蘭（Hester Prynne），想起生烤活魚活蝦。

上菜了，我點的是秋刀魚。

外皮香酥肉質甜腴的秋刀魚被擺放在樸雅日式陶盤上。美好生活怎能離開食物，而烹製三餐又怎能離開火？

獅子頭，腌篤鮮，汽鍋雞，佛跳牆，香酥鴨……聽汪曾祺談四方食事、讀林文月《飲膳札記》、蔡珠兒《紅燜廚娘》、焦桐《台灣舌頭》，或看宇文正走入《庖廚食光》，會讚歎庖人之美食，羨慕饕家之美文，欣賞天賜萬物之美善，而使一切禽畜生蔬躍升成美食的，無非是火。

火力，火工。

火，發出不可思議之力，使冷水沸騰，油滾熱，味道融合，筋肉軟嫩，色澤耀眼，香氣四溢。火逼出食物元神，淬鍊出精魂，提升了境界。這是一把奇奧的火。有這把火，才有泡一壺茶，下一碗麵，炒一盤家常豆腐的可能。有了火，茹毛飲血的時代就結束了。神火，魔火？總之人類學家會說，是火開啟了人類生活璀燦一頁，帶動了文明進程源源活力。

邦總算來了。

一見他，我起身給了他擁抱。邦胖了，他從長沙街的律師樓來？不，原來是先送飯回去給妻小。他的獨生女才周歲，可愛極了。邦為人能圓能方，十分靈巧。有他在，又演又說的，從不冷場。粗看以為他圓滑，近談就發覺他很有思想，是通達人。他的舌頭翻轉，如刀如火如蜜如奶。江湖士庶各色人等，他都能打交道，的確是個幹律師的料。

我和邦的交叉點都在強身上。光我和邦兩人，太嚴肅。邦能在強面前盡情滾動他的圓，撒科打諢，大剌剌地說話，爆兩句粗口。而我是在他的滾動中，拋出正經話題，顯出微妙平衡。

強帶來兩本書，要求我在上面寫字，該寫什麼呢？思忖了一下，配合書名，其中一本寫了——

聆聽風，

聆聽三十年。

是啊，離我買薩克斯風卡帶那年，近三十了。而同年，有一個人在民權東路的雜誌社自戕了。出殯那日，他的同志同夥也在總統府前，就是今日凱達格蘭大道上自殺了。他們皆以殉道者的身態，用同樣方法了結生命，那就是火[1]。

汽油淋身，自焚的火燃燒他們的衣服，滾熱的油炸起一層一層皮膚，瞬間出水出油，神經知覺不斷發出疼痛吶喊，手腳不自覺掙扎舞動，面容變形扭曲，終至全人焦黑乾透。

那是風風火火一年。

天安門坦克壓境，柏林圍牆倒塌，世局丕變。

但那一年，我懂得什麼？

解放鐵幕，反攻大陸？為青天白日滿地紅的國旗拋頭顱、灑熱血？我緊盯電視，看模糊不清的黑白影像，胸火燃起一份時代青年的歷史使命。

多少年後，我才懂那一具人形火。

沒有火之前，你能改變什麼？

人哪，真的太渺小了，如螻如蟻。人的力量太有限了，如塵如蜉蝣。一隻又一隻貓狗受虐了，一隻又一隻犀牛被獵殺了，一隻又一隻象牙被盜賣了。阿河慘摔在馬路上[2]。誰還看得見一隻被關在濕熱南方的北極熊所處的環境，和牠極度憂傷的眼神？

汙水廢水重金屬水肆漫，霧霾籠罩沉重，黑煙擴散而去，毒物累積循環吞吃。雨林消失，土石崩流。核輻外洩，沙漠枯瘠，海洋資源耗竭。蜜蜂無影無蹤。冰層融化，海

1 一九八九年，鄭南榕於《自由時代》周刊總編輯室自焚，出殯當天，其雜誌社工作同仁詹益樺點火自焚。

2 台灣一隻名為阿河的河馬，原飼於高雄市一家私立動物園，該園倒閉後，由台中市天馬牧場圈養。二〇一四年移往天馬牧場的途中，阿河疑因受驚嚇，跳出車外，摔落地面。台中市農業局請吊車協助移置阿河，途中因吊掛繩索斷裂，載運阿河的貨櫃掉落地面，造成阿河二創死亡。此事件引發台灣社會對動物權益的省思與關注。

水變暖，誰還能忘記一隻北極熊撲食自己幼子的畫面？

惡與惡交仇，善與善對立，永無止境的結恨。是非對錯攻詰，惡霸可怕，善霸更可怕。刀劍槍械飛彈可以殺人，豈知聖書字字句句也可以剝奪生命權利、毀滅大千世界。何為慈悲？誰的眼淚來洗一洗這充滿罪孽的身手和言語？

太陽升起，日頭燃燒大地。

時間是什麼？

時間是為了來暴露人的。

三十年，我認識自己是個軟弱的人。

威權洶洶，體制重重，私欲之影幢幢。巨靈無所不在。傲慢和貪婪並駕齊驅，連我也嘲笑自己。終於知道，不公不義的凍土只有人形火的灰屑可以飛覆；終於知道，巨靈巨獸的寶座只有人形火的餘溫可以觸動。終於都明白了，一個無能為力的人只能用火。

最大的無助才走火。

最深的悲哀才走火。

最強烈的控訴才走火。

黑夜給了我黑色的眼睛
我卻用它尋找光明

——顧城〈一代人〉

光明是火照出來的，自由大道是火燒出來的。

再一年，強進入輔仁大學，邦點燃鬥志火焰，進重考班，上政治大學。那年過去以後，我們很少很少見面了。

邦因遲到自罰買單，還提議再約一次，去洗溫泉。強和我都無應聲。想到在熟人面前赤身裸體，我一臉不自在，顯然強也是。但我一向是喜歡溫泉浴的。北國的冬太冷太漫長了，那時就一心想著溫泉——多想啊！北投瀧乃湯，陽明山國際大旅館，馬槽日月農莊。

地熱谷，泉水沸涫，硫磺煙氣瀰漫。熱源來自大屯山下火山岩漿。啟示錄第七印揭開，天崩地裂，千年後，迷惑人的魔鬼被扔在硫磺的火湖裡。這是地獄谷，這是鬼湖。這是末世。

我們的地底，星球的核仁，是火。

最火紅的年代有什麼夢想？我們做了什麼？改變了什麼？蘇芮一身黑衣褲，也這樣問過，「是我們改變了世界，還是世界改變了我和你？」一樣的月光，一樣的日頭，三十年，一個青蔥少年變成了猥瑣大叔。渺滄海之一粟。

台北還是那麼醜，一座灰濛濛城市。政治素人柯文哲上台。馬英九準備離開總統府。捷運上的血跡終究乾了。強定時去台大醫院報到，邦斡旋於當事人之間，往返律師樓和法院。青苔綠水烏龜，台北連拿一顆大巨蛋都沒辦法，我們又能拿自己怎麼樣？

天行健。

時間繼續旋轉，我們的路還要走下去，有沒有火？

到底有沒有火?!

強向銀行請了三小時假，飯後還有時間，那麼多年不見，再喝咖啡去。途中見一樹櫻花，嫣然盛開於細雨中，多人佇足攝影。台北咖啡館真多，真好。一杯咖啡喝完，便是告別了。

再看一眼，一眼就要老了；

再笑一笑，一笑就走了……

在曾經同向的航行後，我們各自飛翔，聚首了，又再分離。

獨自走在中華路，西門町。濕漉漉的街道。著名的六號出口。來來往往的青年男女。光彩琳琅的服飾商店。招牌五花八門。人車嘈雜。香港人大陸人白人黑人。麥當勞，鹽酥雞，鴨肉扁。KTV，唱片行。東西洋歌曲奔放。天橋不見了。我抬頭找不到那隻展翅於天際的，火鳥。

卷二

悔

萬聖節說鬼

市場開始賣大南瓜，橘黃色，肥重敦實，想是萬聖節來了。萬聖節就是鬼節；鬼狂歡，大鬼開趴，小鬼吃糖。白天是嫣紅姹紫的秋，晚上是魑魅魍魎的魔域。參加過幾次萬聖節派對，對眾人精心奇裝打扮莫不佩服，但印象最深的只有一位，他一般平日穿著，胸前貼一標籤：SARS 病患；見者避之惟恐不及，連握手都不敢，果然夠嚇人。

裝鬼說鬼被鬼嚇，都是人玩出來的，到底有沒有鬼呢？我所想到的是，每次去洗衣房洗衣物，儘管過程再細心，再仔細（完全發揮我處女座的龜毛特色），洗完尚不覺有異，卻是過了幾個月，才發現襪子短少了。明明有七雙長襪，五雙短襪，兩雙隱形襪，卻變成四雙長襪，兩雙短襪，一雙隱形襪。這些日子也沒出門，不可能遺留在他處，那些襪子跑哪裡去了？莫非有鬼？但偷襪子的鬼叫什麼鬼？

還有，給貓踢玩的足球一組六個，形色質材殊異，不久也剩四個。東找西找，還是少兩個。不信邪，決定清倉大掃除，邊邊角角都掃，冰箱櫃子都挪開，趁此也想把失落的兩顆球挖出來，結果一樣，尋不著著落。難道這屋裡有一塊百慕達三角洲？或者鬼也踢足球，半夜來偷去玩了？

說鬼，最難忘的還是自強隧道那一次。

都說辛亥隧道有鬼，那自強隧道有嗎？一九九三年夏，我去東吳大學找朋友，聊了一晚很盡興，隔日清早問路返家，朋友說走自強隧道最近，最方便。才轉兩個彎，就看見隧道了，小摩托車當仁不讓直闖進去。隧道筆直幽閉，不見天光雲影，沒有風樹啼鳥，只有無精打采的冥黃燈色。兩側行車不多，超速的不少，風馳電掣的快感必是有的。我騎得不慢，也不急快，風如水從臉上劃開分流，刷刷而去。眼睛一路專注直行。起初隧道盡頭的光線很小，愈騎就愈見敞亮，重回日光下的時候就要到了。

就在這時，我想起人不是說隧道裡有鬼嗎？也是這時，一名騎士急駛到我身旁，轉臉看我，詭異一笑，並說一句：嗚——嘿嘿，然後揚長行去。突如其來之舉，我受了一驚；不甘心，也加速追去，想問明白為何如此無禮，更想看清楚這到底是人是鬼。不想我一追上去，就出了隧道，那車的蹤跡竟也左右瞧尋不到了。他留下一次凶險的經歷給我。

我說他，不錯，那是個小夥子，十五、六歲左右，短髮，個子瘦小。是精瘦，渾身有勁，像個躁騷的小鬼。我至今不忘的，是那抹詭異的笑，眼神充滿淘氣的惡意。豈不知，那種車速，那個情境，那一抹笑，加起來是恐怖的。比飛機遇到晴空亂流恐怖，比暴雨如瀑下行車恐怖，比在微暗街頭遇到手拿硫酸的前情人恐怖。那時一失手，我就車倒人散了也說不定。幸哉，我緊握把手，穩住車身，但是再追去，他怎麼一下就不見了？隧道出口那麼亮，他不可能憑空消失。

他到底是誰？

大白天的，他裝鬼嚇我做什麼？或者他真的就是鬼？

美國警察開罰單

我的行車紀錄堪稱良好，好不表示百分百不逾矩，偶爾超速也是有的，闖幾個紅燈也是有的，不小心逆向行駛竟也是有的；好是這些事都發生在警察的視線之外。直到有一天，我走進警察先生的視線。

夏日午後，克里福大道綠樹濃蔭，我一路向東，快過庫克街時，黃燈提示減速停車，我卻心血來潮，加上馬力。紅燈了，我還未過街，心想此刻剎車不如闖過去。車行路口，驚見一輛警車，那一秒，我與車內的警察四目交接，心裡嘆了一口氣，躲不掉了！

果不然，警車隨之而來，閃爍紅藍霓警燈，示意停車，乖乖就範吧。我是飛車逃逸，來個大追捕，還是裝小老鼠，乞求開恩呢？念頭一閃即過，誠實伏法是上策。我停靠路旁。警察先在車內查我的車牌，而我在自己的車內，慨然欲泣。哭什麼呢？哭一張罰單所附加的傷害，就是我的紀錄破損了，我不再「無瑕疵」了。在校模範生，軍中優秀義務役官兵，社會良民，這一切的完美，如今都沾上一個紀錄，一個汙點了。

也哭實質面臨的罰款，和往後追增的保險費，每一分都是血汗錢啊！還哭警察生出憐憫心，網開一面，提個警告就好。不久，警察走過來，我用點點淚光暗示他，打開你的心腸吧，你看，我是多麼清純的一個好人！但是他有點揶揄地笑說，你剛才也看到我了吧？我點頭承認，又用淚光搧動他，看我，看我啊。然而他盡職地說，請你出示駕照和保險證明。他一面驗示我的資料，一面說你的紀錄很好啊，一面動手開單。我苦笑，看來淚光不管用，現在真是一塊肉，任人宰割了。

開完單，警察請我校對資料，簽名。撕下紅單交遞我時，他很客氣地說：「若你不服，可以上訴的。」我說：「不用上訴，是我的錯。」他即回我一句：「感激你。」就開車去逮下一個人了。

上網查詢，闖紅燈這張罰單一百五十塊美金，其中五十塊是給法院的。我不解，既然不上訴，何需繳這五十塊呢？我的一位律師朋友說，這是規費，不管你上訴與否，這一筆法院是撈定了。

像割去一塊肉，我付了罰款，此後經庫克街，總想起與警察視線交接的那一幕。那是我有生以來，第一次與警察打交道。而警察說的一句話，從來沒有在我腦海中抹去，那就是「若你不服，可以上訴的」。這說明：警察承認自己的不完美。警察也是人，是人就不完美，是人就會有錯；所以你可以不服，你可以上訴，你可以挑戰他這身制服所代表的公權力。

原來，捉你的警察也不全然那麼可怕，他的紅單背後是有套法治精神的，我想，那是來自那永不容許被蔑視、被欺侮、被壓迫，也必須進行到底的自由心靈。

傳生的恐龍歌

朋友的兒子喜歡唱歌，也喜歡恐龍，我就問他：「你會唱恐龍歌嗎？」他搖頭，眼睛發亮，人傾靠過來，表示興趣。魚吃餌了，我就進一步說：「我一唱恐龍歌，恐龍就飛過來了。」好大一隻恐龍，我的手比勢著。

這下他的眼睛更亮了，想像一隻恐龍被歌聲召喚來的壯闊情景；魔力釣繩奏效，我要收竿了，於是問他：「你想學恐龍歌嗎？」

他點頭如搗蒜，只差行拜師大禮。

我心裡發笑，卻擺起架子說：「你要交錢，我才教你。」

錢對四、五歲的他還是個模糊概念，什麼是錢？哪裡找錢？這個人為什麼要錢？

他的身體開始不安穩，像魚想要掙脫，又掙脫不了，陷入兩難。

為了增加他的「痛苦」，我又重申一次，「你知道嗎？我每天都唱恐龍歌，每天都和恐龍一起玩，牠好乖，好可愛喲。」

「那你現在唱。」

「我不唱，一唱就被你學去了。」

他由羨慕，掙扎，到請求，心裡滋味很不好受，像釣上岸的魚，臉色不好了。然而他的臉色每變一層，我的「快樂」就加一分，呵呵呵想扭身跳起舞來。不想這時他說：「我不跟你學，我自己教自己！」

這小子夠狠，我就問：「好啊，那你唱啊！」

屋外正下雨，他就唱：「下雨天，啦啦，恐龍來了，就來了……」

我說：「你看，你的恐龍也沒有來啊！」

他抬頭一看，是沒有恐龍，嗯一聲走開了，像魚甩尾一躍，回到他的水裡去。

隔天又遇到，正巧口袋有顆糖，便再試他：「你唱一首恐龍歌給我聽，這顆糖就給你。」

他眼見糖果在面前晃，立馬就唱：「恐龍、恐龍你來吧，讓我來把你騎上，我們一起飛上天，一起去尋找星星……」

我一聽，腦中有畫面，像《神隱少女》的千尋與白龍，太好了，糖果二話不說，送了他。他快樂蹦跳離去。

過後我常想起他，和他即興創作的恐龍歌（我們的童年不都是喜愛唱歌的嗎？我們可有自己的一首歌，是被人記下來的呢？），我就問他父親，這孩子叫什麼名字，他說叫傳生。那麼我們可不可以，把這首歌叫作「傳生的恐龍歌」？

悔

0與1觸電旋轉彷彿走調的圓舞曲
錯拍跟不上上帝逸飛而去的手指
墜向另一張尋不見的奧祕輿圖
路西弗處決了時間振翅吹號
翻倒了再翻倒的記憶骨牌
掉了年去了月孤零的日
嘆追不回的自我聰明
九門提督逍遙法外
金兵擊鼓騰騰騰
此身雖在堪驚
翻雲覆雨手
江山如畫
錯錯錯

一個是串串遞傳無邊無際水波漣漪
是銀河系神祕力量牽引下的星球
一個是天梯是魔棒是親密鎖鏈
是雲朵的傳令是人間的寄託
兩人擁抱滾進漫長沙漏裡
一點滴猶如駱駝一腳印
堆屹了新帝國金字塔
不複製的輝煌綻放
春秋光景多良宵
何處十面埋伏
虞姬奈若何
宮闕水影
亂亂亂

酷寒雪地訴冤天外之天慈眉笑不語
舔血而去的嘴留下噬骨而笑的牙
滿地黃花飛捲梧桐細雨十一月
冷月在上把酒遙對悲歡離合
斷垣殘壁低鳴的今生今世
多瑙河召喚維爾塔瓦河
里斯本吻別巴塞隆納
悼琵雅芙玫瑰人生
時間寫詩給廢墟
一粒塵埃放光
船過水無痕
長風遠去
了了了

如果在冬夜，一條雪路

下雪了。

開遠光燈的時候，就見雪散漫放肆，行車如入茫茫迷霧中。收回遠光，景象卻不同了，雪在車前燈光下飄落，像一朵朵綻開的小花飛舞，像一隻隻張開翅膀正在嬉鬧的小精靈。

車子已經開了十多分鐘。從聚會中心出來，進入俄亥俄州五十八號公路，這是一條雙向單線道路，也可說是鄉間道路。沿途有田野，牛馬，農舍，人家，鎮中心，或疏或密的樹林子，以及偶爾從樹林子探身或跳出來的美麗的鹿。不過，現在是晚上，又下著雪，這些景物多不會被視線瀏覽。

我只能看見路，雪在飄，和對面來車。

氣象局說今晚有雪，果真就有。其實這年暖冬，降雪比以往都少，但到了二月，免不了還要來一場雪。這場雪鋪天蓋地的，像要補償什麼似的。雪從樹尖上一把一把灑下。白雪的確是純潔的；看窗外雪覆平野，天際遠遼，會有一片永恆靜好的心境。惟行在雪路上，只有一路平安無事的念想。

一輛大貨車開遠光燈從對面快速駛來。

車上還有一對夫婦，他們搭便車也要回城市。丈夫坐副座，妻子坐後頭，懷了幾個月身孕。丈夫木訥寡言，妻子活潑與人親。他們來自廣東，廣東有我一位好朋友，我談起這朋友，才知也是他們重要的朋友。

話題圍著那位朋友行進。

我想念起我的那位朋友，但此刻不宜多想，路上早已鋪滿一層雪。雪的結晶被車輪蹍過，就扭曲了，崩解了，變得軟軟滑滑。我緊握方向盤，告訴自己，慢。慢慢開，時速十五至二十哩，烏龜競跑也能抵達終點。

道路銘黃分隔線模糊了，消失了，對面來車一輛輛錯身而過。我與車上的人交談，心思在動，嘴皮子在動，連輪子好像也滑動起來。路燈在這段道上是沒有的，夜只被車前這兩束光推開，緩緩退後。暗與光短兵交接，我匍伏前進。我已經走在五十八號公路十多分鐘了。

我們又談又笑，但我知道，這兩手兩腳是繃的。

我喜歡開車，又害怕開車。在此間行路，常有天地任逍遙，逐長風遠去的痛快。你看，萬里縱橫奔馳灑脫極了，落日照大地悲壯極了，皓月當空溫柔極了。就連一團烏雲拖曳雷雨閃電而來，衝破之後，照見陽光迤邐，一片清明，也是叫人身心快樂的。可是龍捲風我是怕的，暗夜澎湃飛雪亦是怕的。

行路難。

今夜我帶著兩個人，開著開著，一失心滑出了道路。

我掉到了溝裡去。

那片牆上有光

朋友們來到我的新居，不免要發問的一個問題是，「這牆上的作品都是你照的嗎？」

這問題有三個關鍵字，一是「牆」。我從小小的一個湖景套房，搬到兩室兩廳的一層房子裡面，居處面積擴充，牆面也多出數倍。這些牆面有的被刷成新柳色，有的是米黃色，也有鵝黃和白色。

牆面都不是赤裸的，它們身上披掛著第二個關鍵字，就是一些被稱作「作品」的東西。朋友們一眼都看出來，掛在牆上的不是賣場裡被大量複製的成品，當然也不是拍賣會上登錄名冊的高價藝術品。

它們以作品的身分呈現在那裡，說出它們是被某個富有靈感的創作者創作出來的。誠然如此，我一位藝術經紀人朋友，也是一名業餘畫家，看了這些牆上作品，就說它們的image非常強烈。image，可以把它領會成影像感。

這些作品的影像感之所以強烈，因為它牽涉到第三個關鍵字，照。用相機照相的「照」。所有影像都是照出來的，那便是攝影作品。這些作品百分之百都是黑白照，又百分之八十都是京都。

是京都的電車鐵軌，京都的玻璃模特兒櫥窗，京都的寺台樹影佳人，等等。除京都以外，也有一些北歐影像，都是攝取於一般日常。日常生活及其氣味透過相框裡的影像，自然而然地流動一種氛圍，好像在說著什麼已完成的，或正在進行中的故事。

大大小小共二十多張。

看著牆上種種城市日常，我回答朋友的問題，說：「不是。」

這些作品都不是我的，是我在台北的朋友送的。朋友清華大學畢業，不知何時起就熱愛攝影。（他的嬌妻恐怕要站起來說：「不是熱愛，是視攝影如命啊！」）他臉書大頭貼是手擎一台老相機自拍。寫這文的時候，他正在愛爾蘭旅行，帶七台各式相機——含手機可算八台吧。我兩次從台灣返美，他沖印這些相片送我，他知道我是喜歡的。

這是人人都攝像的時代；臉書、網路，加上智慧型手機，影像就無時不在竄流、複製、傳播。影像爆炸。影像是一個國度。前兩個月，朋友從遠方寄來一本書，阮義忠《攝影美學七問》。封面文字說得太好了，「攝影，是一種信仰，」下一句又說，「他選擇以光來發聲。」

是的，光。

神說，要有光，就有了光。

光說，要有影像，就有了影像。

光把一條石板道的風格說出來，光把一束風中芒草的思想說出來，光把一個夏日午後的悠閒說出來，光把一隻街貓停佇回眸的探尋說出來，光也把一名藝伎的妝容含蓄、一位老人的疲憊步伐，以及一個旅人孤獨站立在月台候車的身影說出來。

像隧道一樣的月台，標示燈、廂號燈微亮，畫面很暗很暗，只有隧道盡頭一坨光，是火車或電車要來了嗎？還是隧道外原有的天光？因為有這坨光，我們才辨識了月台、軌道、牆柱；也因為有這坨光，我們才看見一個人站在那裡。一個月台，一個人。

光好像在說，看哪！那旅人。

那旅人不是我，又是一個非常像我的「我」。

我可以從那畫面，從那有光又陰暗的影像，敘述一場往事，鋪陳一段旅途，或者造出一部小說。寫在風中。

一路隨光而行。

要有光。在現代藝術裡，一塊黑布、一張白紙也可以成為一件作品，惟攝影不行。沒有光，攝不出影，顯不出像，也就說不出話，成不了一件作品。沒有光，我們走著走著，就可能都在路上迷失了。

你知道嗎，我是為新居牆上的作品們感到驕傲的，因為有它們，我聽見了故事，我摸到了自己的心；更重要的，是它們使我的居所看起來像一座有文青氣息的藝廊了。

東台路

我走上海十天了。與相親的女子見了面，喝了咖啡，吃了飯。女子是安徽人，不是上海人；出身一般工人家庭，也不是大富豪人家。小眼睛，方尖臉，多年蓄的長髮前陣子剪了。她住武漢，來上海聚會本該回去了，臨時被留下來，也沒說為什麼。後來就見了我。她說話聲音非常輕柔，不像要撐起半邊天的強悍的大陸女子。可是聲音到底不能代表這個人。我們在被推薦的一家餐館用飯，點了小籠包，烤麩，蛋炒飯，蔥油拌麵，餛飩湯，粽子，食物精美鮮腴——蔥油拌麵好吃！第二天晴陽，我約了去豫園。豫園始建於明代嘉靖年間（公元一五五九年），原為四川布政使潘允端的私人花園，占地三十餘畝，布局細膩，約有五十景。走在亭閣曲橋翠流之間，我與女子總保持一點距離。說不上什麼話，只是看景走景，像走在扯不清紅塵情緣的小說裡，我覺得這裡竟是女心的精巧，湘繡一般婉轉華麗，針針絲絲都計較。這樣的園庭精緻歸精緻，就是太用力了。如我有時候寫文章，也是太用力，不能將文字和感情融為一氣。據說雲門舞集習太極導引，要訣是鬆；身體鬆了，陽光空氣才能進來。星垂平野闊，月湧大江流，那麼大的畫面滿了空氣流動，世間有事也像無事，被抽象了，提升了意境，有獨對蒼茫的力量。有逼視人生的孤獨感的飽滿的力量。第三日陰雨，我們去上海博物館，看書法，看陶瓷器。

女子有可能成為我的妻嗎？

第四日後，我恢復一個人的旅行。我一向是不結伴的旅行者。

江水是一條溫柔的界線；黃浦江向北流，右岸是浦東，左岸是浦西。老人家說寧要浦西一張床，不要浦東一棟房，今非昔比了。我住浦東新區，幾十年前這裡是農田水渠，現在多的是別墅小區和白領新貴人士，像台北信義區。地鐵二號線，綠皮車廂，東西向；進廣蘭路站，我就從浦東過江來到浦西。

靜安寺金氣華重，人來人往，香火鼎旺。寺外三五個算命婆，攬人看相說命。一婆盯上我，延路跟著說，你的面相好，七八月心境會轉換，九月有財進來……。她是在暗指我的婚事嗎？午後春陽穿過新綠葉尖灑落下來，我舉起相機照了一張光亮街景。「你聽得懂中文嗎？你是日本人嗎？」她不知道我是基督徒，不聽這些。她若先說你是基督徒，我也許會停下來聽她說下去，因為我的確是基督徒。

常德公寓，張愛玲故居，她在這裡住了六年，寫小說，談戀愛，經歷亂世烽火。那時才二十來歲，小說一出手就是天才的成熟，心經，金鎖記，第一爐香，傾城之戀。這

裡是全中國離她最近的地方。當然也因她，所以是離胡蘭成最近的地方。（胡蘭成的《今生今世》有多年是我的床頭書之一。）他們的足跡踏過這道門，他們的相見在這道門內，他們的談文論藝在這裡，他們的私訂終身在這裡，他們肉身的相濡以沫也在這裡。張愛玲走去美國多年，最終也歿葬在彼，但全世界的人似乎都還相信，真正的張愛玲是在這裡。她的人生如果只有一滴精華露，那麼就要滴在這裡。也因為這裡，有真正懂得她的人。活在這裡的人說著她的母語，讀寫著她所用的文字，了悟她小說裡的小人物的現實和自私；這裡啊，有她的千千萬萬的讀者。好長一段時間，我們以及我，是透過張愛玲的眼睛來看上海的；上海就在我的心裡。我似乎也搭過黃包車，坐過叮噹車，穿過流言遍地的弄堂，偶爾也學說了些慧詰而自私的言語。

南京路，徒步商業大道，鋪面大方，人貨絡繹進出。我買了一個肉餅，一盒章丸燒，權當晚餐吃了。坐在街道石板凳上看人，看土風舞，看流霓飛虹。路盡頭就是江灘。百年外灘，看盡風雲譎變，江水清濁，人事興衰，貨幣交換。一個中國的一百年，撼不動外灘的海派風華，每一個門牌號碼都是一個璀燦的身姿，殷實的地位，經典的印記。隔江看浦東，滔滔水上遊船結燈，陸家嘴東方明珠，金貿大廈，環球金融中心，巨林巍巍矗立光彩耀目——啊！夜上海那樣的驕傲，像穿戴萬國的榮華，像世界舞台上的豔后。江風習習，我眼中的這上海的模樣，是該叫人興嘆的。不是不美，是這樣的美怎麼不叫人感動呢？

從夜上海來到東台路，是另一個陰沉的午後。街長五百八十六公尺，像台灣小型夜市，但這裡的是古玩市場。滿街店鋪，一路棚排，賣的全是舊貨，或者仿舊的新貨。例如各個年代的陶瓷器、銅器、錫器、玉器、竹器、木器、石器、漆器，也有鳥籠、服飾、錢幣，以及各種質料的雕刻品、雕塑品、書畫、碑帖、碑拓、圖書、文獻資料、織繡、郵票、貨幣等工藝美術品，還有那些體現二三十年代上海繁華都市景象的日常生活用品，如香煙牌子、瓷質象棋、麻將、老式唱機、電風扇、打火機、煤油燈罩、鐵皮熨斗……。大玩意兒，小玩意兒，破玩意兒，堆積陳列，說是琳瑯滿目也是，說是零亂不堪也是，說是櫥窗展示也是，說是覆灰沾泥也是。說是百貨街也行，說是廢墟集散地也可以。說是「上海琉璃廠」是美稱了，說是東方跳蚤市場更像了。真不真，假不假，只能說就是貨品。只要帶著一點滄桑感，新奇感，時間落差感，管他什麼樣，都在這裡可以做買賣。自古有賣的，就有買的，這是東台路的生存的精神。

走在這裡的多是操外語的異邦人，他們在分不出新舊好壞優劣的東方貨物中淘寶，比價討價。我看著他們，想起在巴黎老佛爺百貨店看到的那些排長龍買香奈兒五號香水的清一色的中國富佬。一個是在飄流廢棄物中問價，一個是在名牌專櫃前狂掃。一個說法

AURORA

語的小女孩拿起一枚戒指，跑去問她媽，可不可以買？母親和姊姊過來，也看也問價，同意買了。女孩立即笑嘻嘻戴在手上示人。那是一個蒼涼的手勢嗎？當然不是。張愛玲的蒼涼的美學是一個啟示。啟示是聯於人的生命的。東台路的古玩並不蒼涼，只是感覺人世在這裡被嘲弄了。

可我要說的，還不是這些，是他。出黃陂南路站，左行右拐進入東台路，我走到第一個棚店前。東西很少，多是不甚精藝的搪瓷娃娃，還蒙了一層灰塵，多是車行風沙所致。更好笑的，不知是哪一個國小一年級教室所飄落出來的一張拙劣髒汙的圖畫紙，也被擺出來賣。迎客的是老闆吧，就是他，個子不高，樣貌普通，還太年輕，沒有久經商場的市儈氣。他的東西我實在看不上，倒是明信片我揀了一組，這東西都差不多一個價，只要喜歡就可以買。這是美國朋友託買的，為的是暑期上課用。我揀的是一組中國民族風情畫。我請他替我擦拭塵灰，擦完了他近前來，打開這組相片，一張一張展示給我看，說這是彝族的田，蒙族的草原，苗族的山丘，藏族的廟宇，漢族的土樓……他靠我很近，肩觸著肩，肘碰著肘，他不知道人跟人不可以靠這樣近的嗎？他持續解說，我都聞得到他身上散發出來的氣息了。

說完我收在手上。又看了一款草綠色文革書包，紅書為人民服務，我問價錢？他說七十。我一聽就拍了他肩頭，說年輕人，你也太不老實了。說著自己呵呵笑起來，他則尷尬臉紅不已。我沒說的是，這書包我在北京買過兩個，一個用六十塊錢買，一個三十。北京朋友則斬斷地說，十塊錢就有得買！現在他開價七十，明顯越矩，有敲詐之嫌了。他被我溫和沖了一道，歪著頭心虛地囁囁道，哦七十貴了嗎？我朋友是告我這個價的。我說沒事。覺得他可愛，就問，你有五星旗嗎？這也是同一位朋友託買的。他答沒有，但家裡有，是小孩去年參加國慶日發的。

我面色訝異，說，你有小孩了？

他看著我，說，是姊姊的小孩。

那這樣，我前頭再走走，若找到了就不麻煩你了，找不到就請你明天幫我帶來。

好，沒問題。

再往前走，一棚一棚看去，絢彩與灰亂同陳，完整與破碎並列。我喜歡瓷器，素樸瓷面最好。見一棚全是瓷品，便細細看去。老闆中年人，剛從美國旅行回來，中英文夾雜跟我推薦物品。我問一款小花瓶價錢，他說二百八；又是來哄價的，我心想。再問另一個，二百五。我不想殺價，也懶得殺價，轉身要走，他抓住我，遞給我一台計算機，要我自己定價，how much你自己說。我說不用了，謝謝。才轉到下一棚，就聽他口出穢語

bullshit, screw you，這是要叫我聽見的吧。我回過身去，詢問他，你剛才說什麼呢？他明明白白又說兩次，bullshit, you bullshit！那時，我該立時拿起手機報警的，起碼可以嚇嚇他，但我嘆了口氣，搖著頭走去了。

我收拾了壞心情，把東台路走完。買了三片中國山水青色瓷磚，一百元；一個小巧似鼻烟壺的瓶子，五十元。踅回第一個棚，那年輕人見我，認得了，就前來問，找到五星旗了嗎？我說沒有。又說：這是兩塊錢訂金，我明天沒來，後天就來。你總之幫我留著。

好的，只要沒下雨，我都在這兒的。你放心。

隔天我沒來。

在師長朋友擁簇下，我與那女子訂了婚，幫彼此戴上戒指。老鳳祥鉑金素紋戒指是否寫下我人生的新一頁？戒指是師長所贈，他見證這一刻，老淚泛眶，激動哽咽，猶如我父。

再去東台路，下雨。

我走上海十天了，走在冷熱交迭之時，走在陰晴風雨忽變之中。

下雨，那年輕人果然不來，果真不來嗎？我問隔壁大姊，她正在掃地。這大姊是有店鋪的，賣的大香爐、大窗櫺、大神像、大皮箱，和奄奄一息的老打字機，都積灰陳年了。

她說，那小男孩，是啊，下雨就不來了。
你叫他小男孩呀？
是啊，她有點不好意思，其實說他小也不小，都結婚有小孩了，但他還是我們這兒最小的一個。
結婚有小孩了？
好像有個小男孩了吧。你要不要留下聯絡方式，我交給他？
不了，我們是說好，下雨就見不到的。
不下雨他就來了。
我後天就走了。
哦！你看我這裡好亂，剛搬來才開鋪的呢。
我裡外看了一圈，向她道了謝，走了。我沒有帶傘，雨打在衣帽上，跟我一樣顯得有些悵然，是為那五星旗嗎？
又一個雨天，細雨天，雨勢輕薄了。
我走在上海的最後一天。
東台路，我又走近那條古玩街，轉彎之後就到了。
那小老闆，他會在那裡嗎？

友人書

1

冬，凌晨五點，西一一七街，一輛車往機場去；路燈昏沉，清寂街景。一兩輛車，一兩個等公車的人，英文招牌。紅燈；突然有一種異鄉感，像一下子走進馬森的《夜遊》裡。書的內容忘了大半，卻只記得：愛荷華市午夜，同樣清寂街景，朋友們縮著衣領行走的背影。這幅圖畫後來和七等生的〈行過最後一個秋季〉不知怎麼重疊了，分不清誰在這裡，誰在那裡。如今我送著一個人離開，車行的背影，彷彿也重疊在文學的腳步裡。

C城下了一點雪，旋即停了；依舊茫茫天色。

午後就進來到咖啡館，買一袋咖啡豆，附贈一杯咖啡，就順便坐下來看人、看《紐約時報》和網路新聞。這裡咖啡館的氣氛還是不夠，沒有沉思者，沒有禪定入畫的詩人，沒有故作優雅的藝術家，沒有高談闊論的理想家，沒有懷抱革命職志的青年領袖，沒有白首話當年的喃喃宮女……

這是寒假；有的去滑雪，有的約莫正浸染在洛城黃金夕照下，有的已航向東海，黃浦江不遠了。

2

奧立佛・阿薩亞斯（Olivier Assayas）的《夏日時光》（*Summer Hours*）講「別」。母親過七十五歲生日，不久辭世，留下一棟鄉間大宅子，和一些價值不菲的藝術品。怎麼處理這棟宅子，和這些藝術品？

母親生前就說這是下一代自己的事，不是她該做的安排。她有三個孩子，二男一女；長男覺得一切應保留下來，至於將來如何處理這些事物，也是他們下一代自己的事。然而弟妹因工作發展，必須舉家移居國外，便覺老事物已無意義，同時想在現實上有經濟支補，所以決定變賣一切。

兩票對一票，變賣房子和拍賣某些藝術品已成定局。

長男默然走到另一間房，沒有開燈；妻子尋到他，問：「你在哭嗎？」答：「沒有。」

告別那帶有記憶情感的事物於焉進行中。

別，淡淡地又不淒淒地進行中，

別，必然地又有條不紊地進行中，

別，不哀傷地也不快樂地進行中。

變賣房子簽約前一週末，長男同意女兒在那老房子開派對。青少年們玩樂時，女兒在遠遠一旁對男友說起奶奶。奶奶曾對她說：「等有一天，你有了孩子，你也會帶他們來這裡的。」但過兩天，這裡已經不是奶奶所說的這裡了。

別了！

生要學，死要學，困境中要學，逆境中要學；「相見時難別亦難」，別也要學。

生與死之間，有太多的別必須面對。

3

在我們都跨進二〇一一年的今天，聽見一位中國偉大的文學家留在了二〇一〇年的最後一天，他是史鐵生；《我的遙遠的清平灣》、《命若琴弦》、《我的地壇》、《務虛筆記》的作者，得年五十九。真正讀史鐵生是在二〇〇三年，《務虛筆記》，驚歎得不得了！五、六百頁長篇小說，文字優美純淨，凝煉如詩，充滿哲理與愛的追尋。

還有人用詩寫小說嗎？有的，史鐵生。

還有人用生命寫小說嗎？有的，史鐵生。

還有人用哲學寫小說嗎？有的，史鐵生。

米蘭昆德拉把小說分為三種：敘事的小說，描繪的小說，思索的小說。他把自己的小說定位在第三種。在昆德拉看來，思索的小說這一概念所顯示的是小說合併哲學的可能性。因此，他雄心勃勃地宣稱：「如果說歐洲哲學沒有善於思索人的生活，思索它的『具體的形而上學』，那麼，命中注定最終要去占領這塊空曠土地的便是小說。」

史鐵生的也是第三種。

思索，自疑難而來。

他說：「在我們幾十年的生命裡，最不可能枯竭的就是疑難，而不是幸福。如果你老是寫幸福，可能會枯竭。」

人生少不了疑難，每一點都值得思索；

每一次思索的時候，都值得叩問；

叩問它的虛，叩問它的實，叩問它的「具體的形而上」的可能與不可能。

他的思索常離不開兩個主題：殘缺與愛情。他回答《南方周末》說：「我寫的是人殘缺的背景，使愛情成為可能和必要。每個人生來都是孤獨的，這是人之個體化的殘缺，所以我們需要與他者的溝通、親和。而他者，對我們來說意味著差別、隔離、恐懼甚至傷害，這是社會化的殘缺。我們因殘缺走向他者，因殘缺走向愛情，但是我們通常會從他者那裡發現自己是如此的殘缺。殘缺和愛情互為因果，我甚至認為它是人類的寓言。

殘缺與愛情，在所有人的心理或處境中都有它們影子。」

在我的領會裡，務虛則是務思，常問人生；務實則是小說的文本，具體的人生書寫。虛離不開實，實不能無虛；務虛為本，務實為體，或許能有昆德拉所說的具體的形而上。

啊！這是一位令人感激的作家；他以鐵骨為筆，熱血為墨，困境為紙，思想為文字，尋愛為章節，書寫成他的小說，與自己的生命史。

敬他一杯吧！

4

整理報稅資料，主要是分類收據，然後逐類計算。總是一邊分類，一邊聽歌劇，普契尼精選集。工作或讀書時，我常忍不下一點音樂，只有報稅時能聽音樂，苦中作「樂」。普契尼聽了兩遍，換齊豫英文專輯《C' est la Vie》（這就是人生）——很少聽這張，不知何故，每次聽心就下墜，索性關機。

每張收據都瀏覽一眼，一根蔥，一只碗，一瓶刮鬍水，都記錄在那上面；這是錢幣走過的日子，是很現實的日子，也是最無法偽造的日子。歸類上去的收據，那一天就這樣滑出去了；有些事還記得，有些事較模糊，有些事錯亂了，當然有些忘記了。

分類計算完，捆束起來，寫下二〇一〇。

接著打掃公寓，清理廁所廚房，洗衣服，吃完冰箱剩菜。這是我的過年。

晚上我到泰迪家吃飯，他們還請了另外兩個人。記得否，我們就是在泰迪家認識的，你的發言說明你是一個喜愛文學、並對宇宙人生有感應的人。你說，平常也沒機會說這些，大概是這裡的墨客騷人太少了吧。而巧的，我就是你認可的天涯騷人嗎？

5

一沙一世界，平凡中的美好到處都是，需要的是脫俗的詩心，是感性的慧眼。如吃一盞茶，喝一杯咖啡也是美好。一盞茶用心去喝，其實意味深長；一杯咖啡用心去品，其實層次繁複。

靜下心來品生活的人不多了，淡有淡的滋味，濃有濃的個性，濃淡皆宜，到底都是好的。可惜，人是尋求刺激的。感官刺激來得最直接，最快速，最強烈，而刺激到後來，往往成為癮，叫人不可自拔。

感官刺激也最好賣，最容易有市場，而《十二怒漢》、《依達的抉擇》、《天水圍的日與夜》、《霧中風景》、《不散》，尤其小津安二郎《秋刀魚的滋味》、《晚春》、《早安》、《東京物語》，侯孝賢《戀戀風塵》、《童年往事》、《紅汽球之旅》……沒有刻意的刺激，沒有虐心的劇情，沒有做作的對白，甚至於反高潮，一樣能散發光亮、溫暖、感動、人性的底蘊，以及平凡中美好的凝視。

人生沒有那麼多故事，又到處是故事。

穿過女人的心眼就是個故事，走過嘈雜的市場就是個故事，隨一隻貓跳躍窗櫺圍牆屋瓦也是個故事。輕輕的一個吻，顫抖的一隻手，漸漸淡去的背影，殘留未乾的淚痕，遠處一陣鑠鑠朗朗的孩童歡笑聲，都是個故事。風吹樹梢從簷廊習習進入一個房間，一對母女交遞著黃金手飾在說話，她們說什麼呢？

這些，和那些，都是故事。

一個畫面就是一個說不完的故事。

平凡中的不平凡的故事。

6

今天為了跑一趟圖書館，中午就一併把《魔戒 3》看了。我要說謝謝你，若非你的介紹，我是很難去理會這類影片的。網路上討論內容的人已然成堆，我只簡單說一點。

《魔戒》（*The Lord of the Rings*）是一部路程電影，它的方向是：到最危險的地方去摧毀最危險的東西。

全劇扣緊的，是一條路；路，本身就是故事。

每一條路都是故事。為了毀滅代表權力欲望的魔戒，為了盡一段有所託付的人生旅程，他們踏上了路。

也有無路的時候，或被引入迷途的時候，這才有仙人在幻境中對佛瑞多（Frodo）說，你可以找出一條路來。所以路，還是有的。看似無路，卻又有路；看似無望，卻又有望。戰鬥；三集電影合計十小時，約一半以上時間在戰鬥。任務愈大，託付愈深，使命愈強，愈需要去戰鬥。和敵人戰，和環境戰，和朋友戰，和命運戰，和自己戰。原來戰鬥，全是一個隱喻。

那樣多的戰鬥，只說明我們的生命是一部戰鬥史。戰鬥有時激烈，有時溫和；有時有形，有時無形。不放縱肉體是一個戰鬥，如何擅用時間是一個戰鬥，自制以專心學習是一個戰鬥，保守良心清潔無虧是一個戰鬥，持守純正信仰一直到底更是一個戰鬥。

路有多長，戰鬥就有多長。

啊！路何其長，戰鬥何其多，所以我們需要扶持。

「加油啊！佛瑞多先生，我不能替你背負使命，但是我可以背負你！」山姆說。（"Come on, Mr. Frodo, I can't carry it for you, but I can carry you." Sam said.）說完這話，山姆一人扛抱起佛瑞多，堅毅地向前走去。哦！那話語、那畫面充滿感情的力量，可以令人流淚。我們的人生旅程總是需要一個比我們更強壯的人陪在我們左右。

一路上，我們是被打得遍體鱗傷了，但那比我們更強壯的朋友在哪裡？

山姆和佛瑞多來到火湖懸崖上，也就是來到命運轉折點上。這是達成任務，完成託付的時刻了。路，其實是佛瑞多的路，沒有人可以取代。所以山姆又說，「這是你的路，你自己要去完成。」

當佛瑞多因魔音入耳而起猶豫時，山姆著急呼喚說，「放手吧，把那戒指丟了吧！」（"Just let it go."）然而魔音不絕，佛瑞多變質了，最後因Gollum（Smeagol）的攪亂，才促成魔戒的徹底毀滅。佛瑞多以一隻血手握住山姆的手，以此見證自己的失足，與自己的得救。

（哎呀！那一隻血手。）

電影若有瑕疵，便是：主題太正確了。主題太正確，容易叫劇情呆板。呆板是工匠的宿疾，是藝術家的唾沫。幸好這裡有一醜怪角色，他一人有兩個名字：先是Gollum，後是Smeagol；或說先是Smeagol，後是Gollum。誰前誰後，他早已分辨不出，因這兩種人格細密融合又隨時分離。整部戲的人物各有特色，卻要藉這電腦模擬成的角色引出人性的深度來。

從某一角度說，Gollum（Smeagol）比魔王更放不下那枚戒指。戒指是Smeagol殺人掠奪來的；他想得以至於得，不想捨以至於捨，至終變得完全不能捨。死心竅了。哦！他死在自己的心裡，他死在自己人格變化的沉淪裡。火湖只是他的葬場。

7

又一個學期開始。

人生的成功需要好好定義，也最亟需被定義，不然我們建造到底是為何？我們看守到底是為何？我們勞碌到底是為何？問題是：誰來定義成功？誰有資格定義成功？成功到底是誰說了算？

毫無疑問，人生是一定要賺取的，是一定要成功的。但一位積小錢默默行善的台東菜販，她的人生不算成功嗎？誰敢輕視她的人生？然而可慟的，我們對成功似乎有了定型化觀念，就是名利的顯出。逐名逐利逐權，真是成功的途徑嗎？莫非像一位經濟學家說的，拔一顆牙齒痛，拔一個觀念更痛；我們如何摒棄僵化的成功觀念？

8

侯孝賢《珈琲時光》，依然是侯式風格的：貼近生活。整部電影走進淡淡的人生的隱喻裡。因為淡，所以不淡定的人，幾乎體會不出其中況味。其實要懂侯孝賢，最重要的不是淡定，而是年齡。

侯導自言，以前他也不懂小津安二郎，直到某個年齡了，加上同樣對生活有一種反省和觀察，才終於懂了小津，也深深理解了小津。

原來年齡是重要的。有了年齡，才愈來愈喜歡看那種平實的電影，能把人說出來就好了。說出了人的某一面，某一種掙扎處境，某一種矛盾狀態，就等於說出了一個最複雜的故事。換言之，摸不到人性，抓不住人的生活，整個畫面就缺少了感力。藝術家乃找到一雙眼睛，可以透視一個人，而以某種形式為載體，說出人生命的本質和處境。陳凱歌《黃土地》、《孩子王》、《霸王別姬》，張藝謀《菊豆》、《大紅燈籠高高掛》以及《秋菊打官司》，至今仍在說話，它們向著人、向著人情、向著人性提問。

文學和電影不負責解決問題，文學和電影在於問我們：什麼是人？

是啊，好的問題往往勝過好的答案；

一個簡單而具啟發性的好問題，價值千千萬萬！

「耶穌轉過身來，看見他們跟著，就問他們說：『你們要什麼？』」（約翰福音・一章38節上）

人要什麼？

我們跟隨主到底要什麼？

好懷念以前的張藝謀、陳凱歌。

9

《路加福音》十一章34節，「你眼睛就是身上的燈。你的眼睛若了亮，全身就光明；眼睛若昏花，全身就黑暗。」了亮，根據原文也可直譯專一。

眼睛若專一，全身就光明！

什麼叫專一？專一就是心無旁騖，目標清楚，或者可引申為：人生主題確立了。春季特會中，老弟兄說：「Priority is wrong, everything is wrong.」換言之，優先次序對了，什麼事都對了；這也可以看作專一。眼睛看得專一了，次序走得正確了，全身就明亮。

反之，眼睛昏花，就是看得模糊了。之所以看模糊，或者是因近視，或者是因遠視，更可能是一時間看得太多了——偶像看太多了，物質的和非物質的。我們小小的心比世界都大。欲望流動，心思流動，步伐流動，以至於無主題，無章法，而不能聚光。燈失去光源，就要叫屋子落入黑暗，也要叫人住在黑暗裡。住在無光之屋裡，其實就是住在自己裡。人身真是一個戰場，光明與黑暗，只在一個眼神之間。

但願我們裡頭一直有光。

是的，一直有光。

10

藝術史中最讓人難忘的一個故事是米開朗基羅的《大衛》。是的，就是存放在佛羅倫斯美術學院，手拿機弦預備甩石擊殺巨人歌利亞的少年大衛。一塊大理石之人問津，卻被米開朗基羅看中了，人問這塊石頭不好，你為什麼要買？他答，因為我看到了大衛在那裡面。

又說，我的工作只是把大衛從那裡面叫出來。

米開朗基羅看出了大衛，正如我們看出了自己這塊石頭中的人生主題，此時，我們的工作同樣是——呼叫！把那頂天立地的作品從自己裡面呼叫出來。

呼叫的過程需要動刀；刀，是為了刻，更多是為了削。削去多餘的部分。

我們多餘的部分太多了！

尤其處在這個豐滿不虞匱乏的世代。呼應人生主題的當下，我們所要做的，似乎也是削去。

削去什麼？你的心知道，你手中的刀也知道。

11

春天後母面，一下子和煦，一下子沁冷，變不準的。

才掛起了冬衣，出門前又拿出來；才收起了襯褲，睡前又套上；才撇下了圍巾，一起床又披上了。

福音書說到分辨時候，看見西邊起了雲彩，就說要下一陣雨，果然就有；起了南風，就說將要燥熱，也就有了。可是這春天的氣色，還是詭譎多端的，誰說的都靠不住。

阿妹連續兩天在我床上灑尿，貓科動物的尿騷味喲；今天出門遂又把塑料罩上。我跟她真是結下一段情分，認了！認了，就是接受她的全部，包括她的不可能的改變，以及或有可能的正在改變。

跟這天氣一樣，萬事一直在變，所以無常。但我們需要憂慮什麼呢？「你們哪一個能用思慮使壽數多加一刻呢？這最小的事，你們尚且不能做，為什麼還憂慮其餘的事呢？」（路加福音・十二章25至26節）你們只要求祂的國（31節）。原來無常中，還是有所求的目標——神的國。這真是超越世間無常的悲喜和拘禁了。於是又說，「不要懼怕」（32節）。

我但願常常不怕！不怕必須發生的變更，不怕誠實面對自己，不怕得也不怕失，不怕被人忘記，不怕嫉妒別人的成就，不怕得不到想得到的，不怕被人誤解，不怕受人藐視，不怕在上帝面前表明我的罪過和嘆息……

12

最近網路蹭不到，有點苦；網路早已是我生活不能離開的工具，而我竟還沒有專屬的網路線。可有時候想，沒有網路的四通八達，也不是沒有好處的；限制，約束，這兩個詞同樣附有積極之意。

從圖書館又借來一部電影，播放兩分鐘後，有似曾相識的感覺。調轉下一段，再下一段，確定了，看過！希奇對這片名及封面海報，絲毫無一點印象。人的記憶中有多少部分是印象？印象的可靠性有多少？憑印象能說出什麼？

還是有感於人的重複性。性格所以能決定命運，我想是人格的基因裡都帶著重複性。不知不覺，我們的人生經驗中，有些軌轍是不是一再重蹈？有些揀選是不是一再重複？

13

L畢業了；今天送走他，斜風細雨。

對於L的坦白有著可愛印象，想起胡蘭成的《今生今世》。一部風流史，竟寫成一本文學巨著，氣蕩山河！啊，那文筆一入目即叫人驚歎，多麼奇（怪）多麼好。更絕的是，不該說的都說了，坦誠從容，一一自招。由你憎去，由你訕去，今生今世，他是這樣一個人，愛過，遺棄過，背叛過。愛的時候，是那麼真誠；棄叛的時候，也曾那麼自責。落花與流水東去，所有情債他是還不了了，但這一切，他都記得，深深記得。

我說了謊，我的確有傷痕；曾經我和B來往，像家人交融一起，而今漸行漸遠。你知道我是已經一個人過生活了。

距離總是帶來美感，但是愛情，它是不容許有距離的，於是必然帶著醜與傷。愛情的本質若是這樣矛盾，人世間就沒有一件事不也是矛盾的。包括信仰。矛盾，就是我們人生的故事，我們生活的故事。

於是不惑，到底是什麼意思？

攜著矛盾在路上的人，能找到不惑嗎？

不惑，是因為已經知道矛盾的存在，所以包容了矛盾，接納了矛盾，甚至立身在矛盾中。

走吧！攜著矛盾走吧。

飛吧！帶著愛與理想，以及一切美好的想像飛吧。

朋友，你是一隻鴻，去劃出你的天空吧。

祝福。

14

《A Soap》（肥皂）電影中有一位名叫烏瑞克（Veronica）的變裝人，對朋友談到變性手術的事，最後說：「可是我只有這一個身體可用。」再沒有一句話像這樣如此坦白，如此現實。太現實了！所以逗人笑，所以催人淚。

不都是因為這個身體才有我們這一生的嗎？可這身體自成胎那一刻，就注定要走向腐朽；塵歸塵，土歸土。所以這身體啊，真是不棄自廢；連再換一個身體，也是不棄自廢。可是能棄嗎？到底！我們只有這一個身體可用。

有了身體，必然有了感情生活；

沒有七情六欲的人，能叫作人嗎？但問世間情為何物？

15

我寫了一首詩，老實講，我不夠資格寫詩的，只是下筆時有一點詩的感覺。情似水，情淡了，緣散了，像殘敗枯涸之水，所以叫〈水殘〉。

（5）

破了一個杯子，
收拾殘身。

船去了，船來了，
因為碼頭，
一直還在那裡。

座標，

這是一艘名叫春天的船。

有些事循序漸進地去，
有些事循序漸進地來；
有些詩這一首未完成，
下一首已經寫好了。

貓問我：
船開得多遠？
我笑一笑，親了牠一下。
總是有時。

（4）

204，1010，
窗戶交換，也是預言的開始。
湖，久違了。

千帆逐流，
像下了一盤殘棋給上帝去收拾。

（3）

天上星星相互看似那麼近哪。

（2）

聽人說的：
小時候，哭著哭著就笑了；
長大以後，笑著笑著就哭了。

（1）

春寒，
雪跡已經不在，雪的溫度還在；
影子的影子還在。

（0）我們的船過，水無痕。

16

〈黃葉在秋風中飄落〉，是《路遙精選集》中惟一一篇以女性為敘事主線的小說。盧若琴到離縣城十華里的高廟小學教書，同事高廣強有一位美麗妻子劉麗英，以及一位將滿四歲的小兒兵兵。若琴的哥哥盧若華（父母已逝，妻子病故，遺一女）是教育局副局長，常來看望妹妹，因而與劉麗英暗通款曲。

為了與盧若華結合，過一個體面有餘裕的生活，劉麗英決定與高廣強離婚，並放棄兵兵的扶養權；這件事帶給高廣強極大的內心痛苦和生活為難，也叫盧若琴在道德上對她哥哥發出譴責。

這一面，再婚後的劉麗英過了一個多月幸福生活，心裡卻開始想念她的孩子兵兵；那一面，盧若琴給予高廣強在困難中最切時的扶助，而引起是非謠言。一日兵兵生病住院，劉麗英因全心照顧那長在自己心尖上的孩子，引發了她與盧若華的嚴重衝突，終至劉麗英看見了真實的自己，也認識了若華的真面目，隔日彼此就徹底決裂。

再次離婚的劉麗英回到娘家，飽嘗冷眼譏諷；逢乓乓生日那天，她備好禮物去看望，到了門前竟怯步，還是盧若琴發見而巧妙作工，重組這一個離異家庭。當高廣強再把劉麗英抱入懷中時，盧若琴激動轉身離去。黃葉在秋風中飄落。她邊走邊思索著：

「生活！生活！你不就像這浩蕩的秋風一樣嗎？你把那飽滿的生命的顆粒都吹得成熟了，也把那心靈中枯萎了的黃葉打落在人生的路上！而是不是在那所有黃葉飄落了的枝頭，都能再生出嫩綠的葉片來呢？」

整部小說的「戲」都在劉麗英身上，只有她歷經最多波折，不論是內心的，或是外在的。圍繞她的人生課題，是現實生活——她要體面的日子，她要寬裕的生活，她要有住在城裡的優越感，不要有山區農家人的貧下。難題是，她的心抵擋不住對孩子的想念。孩子，是心尖上最細嫩的一塊，是一個母親最深切的託付。她要解開這個難題，才能自由地、暢快地再活下去。若沒有這孩子，也許她就去追求那體面的生活了；是孩子絆了她，也是孩子牽住了她。最後她回到山區，過窮緊的日子，但這時候，她的內心世界不一樣了。

因為這家，是她失而復得的家。

人生沒有絕路；不是一次的失敗，路就走到盡頭。

這是一個關於重生的故事。

17

路遙，〈驚心動魄的一幕〉。

故事場景是滿了血肉凶殘的暴行。紅總和黑總（兩派人互指對方為黑總，自己才是造反革命委員會的紅總）為了搶奪政權，都以「解放」縣委書記馬延雄為關鍵棋子。馬延雄站在哪一邊，哪一邊就能擁得廣大的農民革命群眾的支持；但馬延雄哪一邊都不站，所以他一直被扣上「反革命分子」的帽子，吃了許多殘酷的皮肉罪。

故事裡最安靜最感人一幕是這樣寫的：

煤油燈照出的這張中年婦女的臉，和她正擦拭的脊背一樣，看了令人難受。這張臉反映的是一顆受傷的心靈。

她一邊輕輕擦拭著，一邊哭著，說著：「……你長年不顧家，革命哩，鬧共產主義哩，結果鬧成了反革命了……你參加革命時，公家連一雙鞋都不發，我在家裡種地給你供糧，說是為了咱們的革命……為了革命，咱們什麼樣的苦都吃過，從沒有過一點點的怨言。這而今就落了這麼個下場……成了……反革命了……」

她說不下去了，扯過棉被給他蓋上，頭扭到一邊，兩手蒙住臉放開聲哭了。

馬延雄從枕頭上撐起一條胳膊，抬起頭，眯縫著眼睛，望著大放悲聲的老伴，叫著她的名字說：「玉蘭，你相信我是反革命？」

哭聲戛然而止。

多麼簡白，多麼諷刺！馬延雄一句話，道出了他的心地純良，信仰純粹，也道出了時代的矛盾衝擊，正在撕裂一個舊的符合某種利益的革命，重塑一個新的符合另種利益的革命。然而再怎麼革，革不掉馬延雄是非價值的判斷，革不掉馬延雄一腔熱血的愛鄉愛民愛國的理想，革不掉馬延雄捨身救人的犧牲奉獻的精神。

為了阻止兩派人馬的武力械鬥，馬延雄冒生命危險，慨然挺身而出，直趨虎穴，接受他們的批鬥。不幸的是，他殉道了；有幸的是，不少人被他的不為己的純潔人性感動了。

人啊，可以活得很卑賤，也可以活得很高尚。

18

收到L寄來的明信片！第一次看他手寫的字，有些稚拙，但那跳動的字跡說出心是熱的，像在水波中扭動的小草。讀著這信內容，忍不住要把它打出來，收在你的信裡。

平：

你叫我鴻，我便要為你飛上天空，你們是我的羽毛，夢是我的方向。

去每一個城市，都該挑選好時間的，例如南京，最好便是傍晚時分，夕陽撒在玄武湖上，水暈也多半有了動人的情懷；而進入芝加哥，則要遲一些，比如八、九點，這是城市裡藍調爵士的時間，Live的演奏剛剛開始，亂了你我的心腸，再有酒的微芳，你都彷彿間能聽到城市的節奏；而到拉斯維加斯，則得再遲一些，深夜便再好不過，駕車進入，便會經過一片高地，全城的城火，讓旅途的辛勞也頓時沒了蹤影，因為你會知道，這個城市似在調戲，而夜，本該無眠。

這書寫城市的語調，讀著讀著像是一個什麼人，直到這句「則得再遲一些，深夜便再好不過」，才知道了，是舒國治！我反覆讀著又笑著，愛極了。

19

偉大的創作都來自偉大的心靈嗎？

寫作者首先是要淬煉自己達到生命的成熟嗎？

卑賤的靈魂只能寫出低賤的作品嗎？

作者的生命高度就是作品的經典高度嗎？

瓶頸的近義詞叫重複；重複同一個錯誤是瓶頸，重複同一種作品也是瓶頸。所謂突破，或者就是從重複中走出一條新路來。

20

傍晚一場雨；雨洗刷過的天空，浸潤過的大地，有一種味道。春雨，清新；夏雨，清爽；秋雨，清涼；冬雨，清冷。晚間走過草地旁，芳草撲鼻，沁心暢舒。喜歡看雨，聽雨，聞雨的味道。

學期剛結束的這天，我又想起《魔戒》中的戰鬥。一路戰鬥。為自己的期許而戰，為承受的託付而戰，為無所不在的試探而戰，為人性本質中的矛盾而戰。然而：

戰鬥要有兵器，我們的兵器是什麼？

戰鬥要有護甲，我們的護甲是什麼？

戰鬥要有後援，我們的後援是什麼？

生為人，既無法迴避命運的戰場（是啊左顧右盼，這裡沒有退場機制，一退場便掉入死亡深淵），我們到底怎麼戰鬥？人生，有時候好難是不是？但我還要說，即使是赤手空拳的我們，還有一位神。人要稱祂的名為以馬內利——神與我們同在。

將戰鬥進行到底！直到那美好的仗都打過了，直到當跑的路都跑盡了，直到所信的道都守住了。

21

路遙《平凡的世界》，說的是生活。

路遙的信仰，路遙的宗教，路遙的創作圭臬，就是生活。

扎根在生活的土壤裡，每一個種子所長出來的人物就都是有力量的；他的喜怒哀樂，他的痛苦和幸福，他的不幸和考驗，他的成功和驕傲，他的順命與搏鬥，都歸於一種叫作「生活」的東西。

是生活給了他養分，是生活給了他勇氣，是生活給了他試煉，是生活給了他挫折，是生活給了他啟示，是生活給了他希望，是生活給了他渴望的光明，是生活給了他不能想像的黑暗，是生活給了他一切想要和不想要的遭遇，也是生活給了他另一個不一樣的人生。

何等大的資源！生活在「生活」裡，每一天都是有用的。

願我們在這個「生活」裡活著。

你的朋友。

信徒書

1 流啊流

所有的故事都需要時間，所有人事物的發展都寫在時間的年月日裡。正如我們活在此刻，我們正在寫自己的美麗和哀愁。

時間是無感的，有感的是我們。我們感嘆歲月逝去，榮華衰敗，摸不著的情感正悄然萌動了，激烈了，變質了，或者昇華了。

文學和電影都著墨於「時間」。

徐志摩〈再別康橋〉說的是時間的悵然，張愛玲《半生緣》是時間的不可逆，白先勇《寂寞的十七歲》是時間的不可逃避，李碧華《霸王別姬》是時間的天地流轉。畢贛《路邊野餐》是時間的魔幻光影，許鞍華《黃金時代》是時間的顏色對照，而王家衛《花樣年華》是時間的遺憾，連他所拍武俠片《東邪西毒》也是時間的情傷。

白衣蒼狗，滄海桑田。

《匆匆那年》片頭一顆青蘋果轉紅，隱喻青春生命的變化。《既然青春留不住》有人看重慶丘陵江水，引〈莊子·知北遊〉，說：「人生天地之間，若白駒之過隙，忽然而已。」

莊子的話和《雅各書》四章14節多麼相似呢，「其實明天如何，你們還不知道。你們的生命是什麼呢？你們原來是一片雲霧，出現少時就不見了。」人在時間裡短暫多變，卻也接受嚴格淬鍊，看手中所建造的，或如金銀寶石，或如木草禾稭（哥林多前書·三章12節）。

時間，原來一直在提供選擇。

時間若是一條河，它在不斷地分流、不斷地被人選擇之後，到底將會流到哪裡去呢？

2 我的我的

一個兩歲小女孩對客人手中之物說：「我的，我的。」想起每個人、每個孩子都這樣。這是我的玩具，這是我的筆，這是我的書、我的鞋……我們不自覺地都喜歡說，這是我的。到有一天，我們會突然感悟：不，不是我的。

沒有一樣東西是屬於我的。

年歲不是我的，健康不是我的，容貌不是我的，連苦苦經營的一段感情，也不是我的。至於財寶，就更不用說了，因為地上的財寶「有蟲子咬，能銹壞，也有賊挖窟窿來

偷。」（馬太福音・六章19節下）

凡拳握在我們手中的，都不是我的。

都是得了又失。

人生總是一面得，一面失，而大抵過了中年，我們就開始用減法計算，減去了這個朋友，再減去了那個朋友。怎麼得金石般恆久不變的情誼？常說愈害怕失去，就愈容易失去，結果有的人拚命抓，有的人強迫自己豁達，說：「沒有什麼是離不開的。」其實人都活得很累。

心太累了。

有沒有心靈的拯救者？

有，路加福音告訴我們：「因我們神憐憫的心腸，叫清晨的日光從高天臨到我們，要照亮坐在黑暗中死蔭裡的人，把我們的腳引到平安的路上。」（一章78至79節）

那臨到我們的清晨日光，就是行走在地上的耶穌——他來是為住在我心，活在我們裡面，把我們的腳引到平安的路上。他，也就是神自己。哦！「耶和華是我的產業，是我杯中的分；我所得的，你為我持守。」（詩篇・十六篇5節）

只有他是我的；

他是我們的產業，我們的永分。他為我們持守祂自己，永遠不改變。

3 誰不安

不安竄動。不安寫在每張靈魂的臉上。嬰兒落地啼哭是大剌剌地說不安吧，對未知的不安。常聽人說要淡定，多半是因著不安而來的。

太多的不安啊！戀情告白前的不安，事業經營迭宕的不安，婚姻能否走下去的不安，年老病苦無倚的不安，申請美國簽證及入關時的不安。遇飛機亂流自然不安，出門關了瓦斯否也要不安，對兒女隻身飄流在外總感不安。來自現實的不安，來自猜想的不安，來自人際關係的不安，來自恐怖份子的不安，來自天然意外災害的不安。

因為不安而說謊，又因說謊而更加不安。

牽動《馬太福音》第二章最關鍵的情緒，就是不安。「希律王聽見了，就心裡不安；耶路撒冷合城的人也都不安。」（3節）有此不安，才有後來希律王對博士們的說謊，才有約瑟全家的逃往埃及，以及伯利恆城兩歲以裡的男孩悉數被屠殺——悲慘！

希律王的不安容易理解，個人的權力受挑戰，帝國的政權受撼動。享有王權進而戀棧王權，才有王權受挑戰的不安。然而，「耶路撒冷合城的人也都不安」，為什麼？

聖誕歌曲的歡喜騰騰，顯然在這裡看不見，因為合城的人都不安。誰是那些合城的人？是羅馬帝國的政府官員？是為希律王效命的以色列人？還是所有以色列人？從老到少的以色列人，都不安。

基督來了，連希律王都知道基督來了（4節），那位以色列人殷殷切切盼了千年的救世主，終於來了——可是，以色列人都不安。那些謹守安息日，遵行宗教傳統的以色列人，心心念念於基督，日日夜夜口中喊主啊、主啊的人，與殖民他們的希律王一樣，都不安。

他們真心期待基督的來嗎？

一句不安，戳破了所有宗教人士的虛偽面紗。

基督的星顯現了，以色列人看不見，東方的博士們看見了。看見星而追隨於星的人，終於尋見了。他們拜了那小孩子（11節），親近了基督。愈親近基督的人愈沒有不安，愈有基督的人愈沒有不安。

博士們在此留下了安詳的臉孔。

4 少就是多

蔡珠兒《紅燜廚娘》裡有一道菜，叫「開水白菜」，狀似一碗白開水，裡頭擱一顆白菜心。拿起湯勺嘗一口，才知一點不簡單，裡頭積澱了多少食材！誠然，開水非開水，那湯水經三天熬煮與過濾，再熬煮與過濾，才得正品。

《橫山家之味》（英文名：*Still Walking*，日文名：歩いても 歩いても），是枝裕和導演的作品，很淡很淡的一天，很慢很慢的時間，但每一個畫面都積澱了許多情感，如詩。一首詩二十個字，或二十八個字，要在心裡熬煮過濾多少遍，才能將積澱的感情洗練出一個渾然天成的情境。

從絢爛中返璞歸真。

見山是山，見山不是山，見山又是山；第三層的見才至化境。

少就是多；愈簡單的東西，尤其那種洗練而成的，往往愈不簡單。留白最簡單。留白並不留白，留白常有餘韻逸出畫面，襯出無言意境，說出更多沒有說出來的東西。

張愛玲說《聖經》的文字最素樸。

因其素樸，所以釋出更多空間，更多人事物的連結，更多內心深處的獨白，更多閃亮的靈感和啟示。

聖經這本書，終究是讀不盡的。

5 最會說話的人

縱橫連合，一張嘴，攪亂天下，或得天下。

事業，大事業小事業，也能藉著語言、藉著說話成就出來。

掌握語言和寫作文字是同一種心門，洗練。洗去鉛華，把最豐富的內涵鍛煉成最簡單的句子，呈現出一個畫面。或許這也可以叫作：深入淺出。淺出時兼顧情理和音韻，或者也可以稱為文學。

語言的概念廣泛應用在許多領域，電腦語言，電影語言，管理語言……每一個平台，每一處介面，每一場會議，無不需要語言。一個領袖是懂得語言的；一句話可以影響一個社會，一個民族，一個時代。一句話可以是一個啟示，一個新思潮，一個凝聚人心的精神力量。

一句話可以顛覆，一句話可以重建。

一句話可以安定一個世局。

一句話充滿靈感，可以供應生命，帶人進入神聖奧祕的範疇。

「我對你們所說的話就是靈，就是生命。」（約翰福音．六章63節下）耶穌說話像有權柄的人（參閱馬太福音．七章29節），他對我們所說的話滿有靈，滿有生命。祂的話總是能說到人的裡面去。

耶穌是最懂得語言，也最會說話的一個人。

6 瑣碎卻不瑣碎

讀賈平凹《童年家事》，說是散文，還是小說。賈的文字已達爐火純青之地步，筆下人物一出場就是活生生地，他們一舉手，一抬足，尤其一張口說話，形色就全顯在眼前了！

才讀完了路遙，又讀賈平凹，都是陝西人；陝西，何等的人情風土，培育出中國文學史這等雄渾巨筆。相較於江浙的溫婉小調（魯迅例外），陝西秦腔絕對是一支大纛，風中獵獵作響。

《童年家事》是一篇敘事型小說，一個婆婆領著一個大家庭，有四個兒子，四個媳婦，子孫十幾個；這樣的三代同堂，住在一個宅院裡，整天吵吵鬧鬧，你爭我算，說不完的瑣碎家事。

瑣碎卻不瑣碎。

瑣碎生活的理性剪裁連結，就是一幅逼真的糾結人生，就是一場極具形象的大時代小人物的故事——

也是一首黃土高原上的生命之歌。

誠然，小人物也有歌，每個人都將走進一首歌裡。唱一首歌吧！哀歌，情歌，雅歌。「所羅門的歌，是歌中的雅歌。」（雅歌．一章1節）神與人和人與神的羅曼史，是一首愛歌。一首歌中的歌。

7 動詞，變

每個完整句子都有三個基本元素，主詞，動詞，受詞。好比說，我愛你。少了一個字，句子就不完全。但是據說，一位文壇前輩這樣說，全世界最好的文章就是全是動詞。動詞，動詞，再動詞，連成一篇絕世文章。可惜，這樣的文章沒人做出來。

文章做不出，繪畫可以。

對抽象畫的領會就是全是動詞。主詞省去了，受詞省去了，名詞省去了，副詞省去了，連接詞更是省去了。把線條轉成動詞，把色彩轉成動詞，把意念都集中在動詞身上。哦！讓畫面全是動詞。

初看趙無極的畫，驚呆了！抽象而不抽象，好像看不懂，眼睛卻又離不開，心裡滿滿的感動。好像那排山倒海的動詞從一切主受詞、修飾詞中昇華出來，千變萬化，豐富極了，好看極了。

變，是一個動詞。

《匆匆那年》的男主角變了，背叛了高中初戀女友，從前誓言變得既真摯又諷刺又可笑。但也因為變了，人性被剖露了，生命出現了隙縫，心境轉折波動，戲更好看了。而青春也註記了一段難以抹滅的痕跡。

《路得記》記一女子，路得，她是摩押人的後裔。摩押人是羅得與大女兒亂倫所生（參閱創世紀・十九章37節）。摩西頒訂律法，定規摩押人「不可入耶和華的會；他們的子孫，雖過十代，也永不可入耶和華的會」（申命記・廿三章3節）。換言之，身為摩押人是終生受羞恥的，是永不可改變的宿命。

不可變卻要變。

家難之後，路得對婆婆拿俄米說：「不要催我回去不跟隨你……你的國就是我的國，你的神就是我的神。」（路得記・一章16節）路得渴慕有分於神，神的國，神的民，就算再苦再難再累，也要跟隨拿俄米回伯利恆。她一生命運的轉折，全在婆婆這一條細微的線上。

拿俄米知道波阿斯喜悅路得，便引導路得到波阿斯身邊。波阿斯娶了路得，這是一段兼顧情與義，散發人性美德光輝的愛的故事。後來《聖經》說，波阿斯從路得氏生俄備得；俄備得生耶西；耶西生大衛王（馬太福音．一章5節下至6節上）。

耶穌基督是大衛的子孫。

一個摩押女子寫入耶穌基督家譜，這就是路得的變。

8 是風不是風

受傷了怎麼辦？

方茴是個處女座女孩，她受了傷。情傷。

這位溫婉純真的女孩，對愛情的理解是：「愛情是純潔的，是完整的，當在純潔的愛情之中，塗上其他的色彩，這種愛就不再完美了，那也不能稱之為愛情，不如不要。」

傷離不了痛。

初戀男友移情他人，方茴心痛了。

心一直痛著，沒有解藥，就瞎活了，糟蹋了自己。

墮胎手術後，方茴消失了，像風一樣走了。

想起一個人，是處女座男孩，他也有像風一樣的個性。受了傷，舔了傷口，還帶著血滴和心痛，就想起身飛去，如風。不如不要啊，不如不要啊，讓風繾綣去，讓風徹底吹了散遠去。

侯孝賢說，人是什麼呢？人只不過是來回。

來了又去，回到原點，好像什麼都沒有發生過，卻又留下一道道傷痕。

沒有人沒有傷痕。

「耶穌哭了。」（約翰福音‧十一章35節）原來耶穌也哭；傷了心的人都會哭，心痛的人都止不住流淚。

有誰像他那樣受傷？

外面的傷是：頭戴荊冕，身受鞭傷，忍辱、受死，疼痛難當。裡面的傷是：孤孤單單，沒有同心、沒有同伴，被人出賣，被人控告，所有患難憂愁，惟他自己和神知道。

苦杯他飲，福杯我享。

他把一切最難擔的傷都嘗盡，好叫我們可以活過來，得了醫治，並叫我們這從前好像迷路的羊，歸到我們靈魂的牧人監督了（彼得前書‧二章24至25節）。

9 **拿撒勒之家**

克利夫蘭美術館（Cleveland Museum of Art）有一幅畫被寫入《你不可不知道的300幅名畫及其畫家與畫派》（華滋出版）這本書中，這幅畫的作者是蘇魯巴爾（Francisco de Zurbaran, 一五九八—一六六四），畫作名稱叫〈拿撒勒之家〉（*Christ and the Virgin in the House at Nazareth*）。

耶穌長在加利利的拿撒勒。

〈拿撒勒之家〉（創作媒材：畫布、油彩；尺寸：一六五×二一八．二公分）描述兩個人，左邊一位是少年耶穌，右邊一位是母親馬利亞。家中擺設非常簡單，耶穌腳旁有盆子、桌上有書及水果、半開的抽屜；馬利亞腳邊有針線籃，身旁有花瓶。畫面左上角有一道光照進來，右下角有兩隻鴿子。

畫中，少年耶穌用荊棘編織冠冕，手指被荊棘刺傷而流出血來，坐在旁邊的馬利亞轉臉看他，一手支倚著頭，表情溫柔而憂傷，眼睛濕潤而若有所思。馬利亞在想什麼呢？

馬利亞是想這孩子的前途就是荊棘啊，就是流血啊，就是踏上一條死路啊。這幅畫似乎告訴我們，一切她都知道了。白髮人送黑髮人，一位母親已經預知兒子的死，預知有一日要替他收屍——唉，何其令人憂傷。

而耶穌，這位少年耶穌也許十二歲，已經會說「我應當以我父的事為念」（路加福音・二章42節、49節），他必定也知道自己長大後，是要面向耶路撒冷去（九章53節）。去做什麼？死！去受極羞辱、極悲慘、極殘酷的死。

相信他是念過《詩篇》二十二篇12至18節的：

有許多公牛圍繞我，巴珊大力的公牛四面困住我。
牠們向我張口，好像抓撕吼叫的獅子。
我如水被倒出來；我的骨頭都脫了節；我心在我裡面如蠟鎔化。
我的精力枯乾，如同瓦片；我的舌頭貼在我牙床上。你將我安置在死地的塵土中。
犬類圍著我，惡黨環繞我；他們扎了我的手，我的腳。
我的骨頭，我都能數過；他們瞪著眼看我。
他們分我的外衣，為我的裡衣拈鬮。

那就是預告並形容他的死的經歷。

然而，他不會退縮，也不能退縮，父的旨意本是如此，要他藉著流血洗罪，使人得以在神面前成聖，稱義，並作新造的人（約翰壹書・一章7節；哥林多前書・六章11節；哥林多後書・五章17節；加拉太書・六章15節）。所以聖經說，「他就定意向耶路撒冷去」（路加福音・九章51節下）。

也所以，他的臉在畫中才那麼平靜。親自站在那幅畫前，你能看見少年耶穌潔白無瑕的臉龐，低頭注視自己手指上的血——是啊，他完全了然於心，知道有了這一滴血，帶向死亡的血，就有了一個全新的時代。

阿們。

10 放開

多少糾結的時刻，都是因為放不開。

太多的書教導人放下，也就是放開。

放開了才有「鬆」。舞蹈時要放鬆，鬆

了肌肉才能靈活，才能展現彈性，才能如行雲流水。演奏樂器如鋼琴也要放鬆，鬆了雙手才能靈巧，才能任情感流淌，才能渾然述說曲中千言萬語。

鬆，東西才能出去。好東西出去，壞東西也出去，好比說，壓力。鬆了，壓力就卸去了，身心就平衡了。換言之，不鬆，壓力就積上來了；不放開，關係也就緊張了。

放開了也才有「距離」。曖昧是最美的距離，朦朧美。曖昧之前，距離太遠，沒有任何感覺；曖昧之後，距離愈近，感覺愈起伏不定。終究太近了，就纏上一個結，又一個結。

愛情打上結，很容易窒息。

在匆匆人生的河流上，愛與被愛不知不覺編織成一張網。愛上不可能的人（這樣的人再好，永遠也不是你的）像是走上一條不會到家的路，即使一路風光明媚，硬走上去還是到不了家——惟一出路，就是下交流道。

下交流道，就是放開了；放開了，就是捨得了，找到了合適距離，脫離了不得的苦，脫離了失眠的苦。（失眠，有些事想得更清楚了，有些事變得更模糊了。）放開了，就「似乎一無所有，卻是樣樣都有的。」（哥林多後書．六章10節下）

這是使徒保羅的話，他說：「……似乎要死，卻是活著的；似乎受責罰，卻是不至喪命的；似乎憂愁，卻是常常快樂的；似乎貧窮，卻是叫許多人富足的；似乎一無所有，

卻是樣樣都有的。」（9至10節）

放開了，是因為不怕，「知道我所信的是誰」（提摩太後書‧一章12節）。是啊！知道我所信的是誰，才不糾結，才在看似死、受責罰、憂愁、貧窮、一無所有的境遇中，還豪邁地做見證說：

我是活著的，
我是不至喪命的，
我是常常快樂的，
我是叫許多人富足的，
我是樣樣都有的。

11 妄想

妄想叢生。

聖經裡說到「妄想」只有兩處，一在《傳道書》，一在《路加福音》。

傳道書說：「眼睛所看的比心裡妄想的倒好。這也是虛空，也是捕風。」（六章9節）

這裡的妄想可說是空想。無論怎麼想，都抓不著邊際，總是一場空。哎呀！空空空。而路加福音說：「他用膀臂施展大能；那狂傲的人正心裡妄想就被他趕散了。」（一章51節）這裡的妄想也可說是狂想。浮想聯翩，無一安分得了，或者狂誕放肆，或者惱亂迷亂錯亂。哎呀！亂亂亂。

心最常活動的一件事，就是想吧。

你怎麼想？

起心動念，就是有了想。念成為勢，就是說念想如一滴水，慢慢聚成一股大流，狂瀾翻湧，勢不可擋，也勢在必行。

你怎麼行？

逆天，行不行？妄想叢生的人，大概都要逆天而行吧。（好比說，大衛王就行了姦淫之事、占了非分之物，就殺了烏利亞，就奪了烏利亞的妻。）殊不知，人勝不了天。人再聰明再偉大再有更多武器，都在天之下。

年紀愈大，愈懂自己的軟弱渺小，愈知道再大——大不過天！所有掙扎努力妄想，一點用都沒有。

倒不如順天，相信天，讓天作主。

人作不了主，天能作主。

讓天作主，願主為大，心思就不再任性了；

持定元首基督（歌羅西書・二章19節上），尊主為大，念想就不再虛妄了。

聽！詩人說：

「耶和華啊，求你留心聽我的言語，顧念我的心思！」（詩篇・五篇1節）

12 Someone Like You

車內音樂流淌，是女聲，似熟悉又陌生。她唱的什麼，沒有細聽，只是聲音動人，是深深震動自己而唱出的。車裡的人都不說話，只是聽。聽她唱。一句一句鑽入了心扉，掀開了心扉，打動了心扉。

這聲音打心，打得人措手不及，都顫悸了——少有這樣「恐怖」的顫悸。

想哭。

所有堤防都卸去了，所有堅強都蔫了，所有委屈都藏不住了，只想哭。毫無顧忌放聲地哭。哭什麼？不知道。不，其實知道。知道了又不知道，人畢竟是這樣虛偽和懦弱。

Never mind, I'll find someone like you

I wish nothing but the best for you, too

Don't forget me, I beg,

I remember you said

"Sometimes it lasts in love, but sometimes it hurts instead"

Sometimes it lasts in love, but sometimes it hurts instead, yeah

沒事的！我會再找到另一個你

我無所求，只想把最好的祝福給你

我求你別忘了我

記得你說過：

「有時候愛情長久，有時候愛情傷痛」

是啊，有時候愛情長久，有時候愛情傷痛

後來才知，她在說一段故事，失去的故事。

是失去引起了共鳴。

我們都失去過。

失去小時候養的第一隻狗，失去一次出遊的機會，失去一本喜愛的書，失去一場非聽不可的演唱會，失去一顆可以逆轉勝的投球……而最最難的，是失去一個人，最想和他（她）生活的一個人。

梧桐相待老，鴛鴦會雙死。

愛情是什麼？

愛情，或說婚姻，就是聯合吧（創世紀・二章24節）。方方面面聯合，裡裡外外聯合。宇宙中最奧祕的聯合，記在《哥林多前書》六章17節，「但與主聯合的，便是與主成為一靈。」這個聯合發展到後來，就是羔羊與新婦的婚筵（啟示錄・十九章7、9節），就是新耶路撒冷神與人和人與神的大合併。

合併了，就不再失去。

車內歌聲歇了，顫悸猶在，感傷猶在。失去了，才知道情難得。不能得，又要再得，才有這首歌，從她靈魂的傷口渲洩流出。

她，是愛黛兒（Adele）。

秋涼，車子一路向艾克隆（Akron, OH）去。

13 盼

你不相信的，怎麼會相信，他一直等在那裡。

等待是一種懸掛狀態。

一顆心再堅定，也是懸掛的堅定，搖搖晃晃，有時像樹在風中，有時只是與時間絲絲纏繞，分分秒秒盼著，望著，看過一遍遍春花秋月，數盡一年年星辰墜落。等待者的心念如火，煎熬自己；等待者的思想如絮，任自己翻飛；等待者的眼睛如鈴，聲聲呼喚，呼喚深深。

那等在季節裡的容顏如蓮花的開落。

過盡千帆皆不是。

他，等一個人來。

他不知道所等的人死了。

他只知道，每天下午五點，他所等的一定會從車站走出來。

夠傻的人才能等，夠痴的人才能等，愛得夠多的人才能等。而他，卻是一隻犬。他叫八，尊稱八公（電影：《忠犬小八》）。

你給了他兩年，他給你一輩子，一整個生命。影片中看見他從街頭走來，他又要去老地方，等一個人回來。十年，他已經等得天老地荒，等得垂垂老矣。一天天又一年年的過去，那孱弱遲頓的步伐，那逐漸耗盡的心力，那純潔而又執著的忠誠，看得人掩面痛哭。

想了又哭。

他死了，死在等待裡。

等待是他不變的信念，怎麼有一顆心不會變？他至死相信那個人會回來，他們會重聚，他們就要再相會。

如同啊，歷世歷代的聖徒，他們生活、等候、安睡。一位一位，他們已逐漸離開；一次一次，我們望你快回。

主啊！

你要回來，你就要回來，接我與你同在。

主啊！

我們渴望親眼見你，擁抱你，歸入甜美的你。

每一個忠心愛主的人，一生都活在這樣的期盼裡。

14 靜夜思：月

李白〈靜夜思〉家喻戶曉。

床前明月光，疑是地上霜，舉頭望明月，低頭思故鄉。

詩，必然情景交融。

景物中的焦點，無疑的是那輪明月。明月一望，思鄉之情油然而生。千年來，中國人望月，有了特殊不變的情懷。這是從詩的隱喻而來。

詩，把月亮抽象了。

抽象的力量太大！

那被抽象了的月亮，含帶諸多豐富內涵，有著穿越時空、觸動人心的力量。文學家、藝術家、革命家，甚至企業家，都致力於從實相裡昇華出來，賦予想像，將人事物引導到更自由、更寬廣、更具有永恆價值的概念，那就是抽象了。

於是風不再是風，酒不再是酒，餅不再是餅。

當然，月亮不再是月亮。

抽象了的概念都不易看得見，摸得著，聽得見。而那些看不見的，摸不著的，聽不見的，都飛入一幅畫面裡，有了挖掘不透的圖色和層次，或者吸引人追隨，或者受千萬人鄙厭。

奉獻給抽象的精神事物，往往有偉大的形像；犧牲在抽象的圖像裡，總是能生發無比的感力，凝聚失落或喪膽的族群，帶進更多更強更大的犧牲。好比信仰。信仰是抽象的，是主觀的。

耶穌的血是抽象的，是主觀的。神的愛，十字架的救恩，基督的身體，都是抽象的，都是主觀的。正常的基督徒生活是在抽象的神聖啟示裡，得著神兒子福音的實際。

是啊，月亮真美。

那些說在月光下的真心的、痴心的話，是令人心悸的；那些綻放在月光下的友伴們的笑臉，是令人嚮往的；那些靜靜的披覆著銀白月光的屋宇、樹木和沙灘，是令人心醉的。而行走在月光下的母親的身影，是叫人心碎的。

15 靜夜思：霜

每首詩都有一個詩眼，那麼〈靜夜思〉的眼在哪兒呢？答案可能是：霜。這是一位高分子博士說的，他姓吳，一個才三十歲的青年人。

景物中有月光，牽動詩人思鄉情懷，然而，他到底思懷什麼？皎白月光疑似清晨地上「霜」，這錯覺式的比喻，原來就藏著詩人的思懷。霜，純粹潔白，又冰冰涼涼的。李白思鄉時，情感上的波動是純潔的，又可能是冰涼的。

啊！他想起了什麼，才使他有冰涼的心境呢？

這個答案我們不知道，倒是雅各的我們知道。

《創世紀》四十五章25至26節，「他們從埃及上去，來到迦南地、他們的父親雅各那裡，告訴他說：『約瑟還在，並且作埃及全地的宰相。』雅各心裡冰涼，因為不信他們。」

全本《聖經》提到冰涼的心只有這一處。

雅各先前是相信約瑟死了，他說：「有野獸把他吃了，約瑟被撕碎了！撕碎了！」（卅七章33節下）那時，約瑟才十七歲。隔了二十二年（四十一章46節，四十五章6節），雅各卻被告知，約瑟還在。換言之，怎麼可能?!這消息來得太突然，太震驚，太難以相信了。這時《聖經》就說，雅各心裡冰涼。

（《創世紀》六章，神見人在地上罪惡很大，就後悔造人在地上，心中憂傷——那個憂傷是否也就是心裡冰涼？《馬太福音》二十六章，耶穌對出賣他的猶大說：「朋友，你來要做的事，就做吧。」那時，他是否一樣心裡冰涼？）

冰涼，英文聖經是用stunned這個字，意即怔住了，整個人目瞪口呆。二十二年天人永隔，一時成了一場戲一樣，全是假的。那麼這二十二年，約瑟是怎麼過的？為何一點音訊全無？

「孩子啊，你想我嗎？」雅各也許會問。

約瑟想他的父親嗎？想的！

《聖經》說：「約瑟套車往歌珊去，迎接他父親以色列，及至見了面，就伏在父親的頸項上，哭了許久。」（創世紀．四十六章29節）

眼淚是心的出口。

約瑟是想他的父親的，兒女們是念父母的，離家離鄉的遊子都是心懷親人的。正如吳，那位青年博士。

一如李白的飄泊在外，吳之所以點明詩眼是「霜」，跟他是一名身在美國的遊子有關吧。他的故鄉在安徽，地處偏壤的農村，還有著難以改造的清苦日子，以及叫人感覺無奈無力的處境，是因為這樣，他才懂得李白冰涼的心境嗎？他是否也一遍一遍地思懷故鄉所帶給他的消息？

哎呀！一個霜字，一顆冰涼心，一場父子淚，一首遊子吟。

16 生日快樂

都是些家常菜，牛肉羅宋湯，魚香茄子，番茄炒蛋，韓式烤豬排，義式鮮蝦炒菇，等等，而客人是一對中年夫婦，帶一盒小蛋糕來。

秋光奏鳴。

今天是賽門的生日。

三十一年前，他出生了，生為一個人了。

生為人是頂幸運的，人在物質和精神上的享受，是太豐富了。光是吃，就有多少多少選擇，多少多少做法；光是音樂，就有多少多少曲風，多少多少情調。可是，生為人也是頂麻煩的，因為累。

做人真累。

沒有為做人而嘆息過的，真少。

人在江湖，身不由己，誰是誰的主宰？人情世故，腹黑腹白，如何才能參透？人間情愛，出世入世，到底怎麼找得出路？人與人的衝突，文化與文化的衝突，宗教與宗教的衝突。千年來，所有哲學家都在思考，他們向著廣袤宇宙探問：什麼是人？

怎麼做人？

人，人權，身而為人的同等尊嚴，是不是普世核心價值？

三十一年前，那個才出生的英俊肥胖的男孩，如今長大了。誰也想不到，尤其那些輕看過他家的人都想不到，這孩子刻苦勵學，自強不息，經過了重點中學，又從幾千萬人中脫穎而出，進入一本大學。那時，他已有一米八的身高，算是人上人了。

青春烈火，喜歡寂寞。

他談戀愛了，他失戀了，他告別了家鄉，那個窮僻中國農村，來到美國。然後信了耶穌，追求主的話，找到人——生為人的存在意義。

然後，坐在這裡。

席中他說：「今天不是我的生日。」眾人不解。

後來才明白，他的生日是以農曆日期當作陽曆日期，填寫在一切公文上。若以陽曆，即公曆來看，他的生日當在十二月最後一周。

「喔，過錯了！」

像耶穌的生日一樣。耶穌是神來成為人——哦！他竟然親自來做人，嘗遍了人生滋味。但《路加福音》告訴我們，耶穌出生那天，「在伯利恆之野地裡有牧羊的人，夜間按著更次看守羊群。」（二章8節）換句話說，耶穌出生不在十二月的冬季，不然牧羊人是不敢在野地裡按著夜更看守羊群的。十二月二十五日即不是耶穌的生日，而這一天，舉世基督徒或非基督徒，到處有人為祂過生日。何等荒謬啊！

連我們今天也是荒謬的。

所幸我們笑一笑，知道不會再犯同樣的錯。

下雪了，十二月來了，最後一周也來了。

賽門，生日快樂！

17 **爭上游**

〈爭上游〉是一種紙牌遊戲，玩法是：一人出牌，另一人跟上，必須跟得上，且比對手大才行。好比說，對手出一張3，你必須出4以上；對手出一組拖拉機（如45678910），你也必須出一組拖拉機（如5678910J）。

若跟比不上，發牌權就回到對手身上。贏的人就是無論組合出什麼牌來，總能把對手壓制住，直到把牌出盡。

這是一個好玩的遊戲，也是一個殘酷的遊戲，因為它的本質是「攀比」。你要存一個心思，比。比得上對手，也把對手比下去。比不上就爭不到上游，做不了贏家，成不了「人上人」。

不是嗎？

人一生下來，就被推進「比」的場域中。比爹，比家世，比血統，比成績，比學歷，比財富，比技藝，比護照，比房子車子，比花容月貌，比幸福指數，比誰老卻看不出老，比誰更有用，比誰更有愛心，比誰更會做工，比誰的粉絲最多，比誰的兒女更孝順，比誰的失分更少，比誰更早五子登科，比誰的體脂肪更接近於完美……

這是一個人比人的世界。

快樂，建立在比得上別人；痛苦，扎根在比不上別人。

我們感謝神，一個跟隨耶穌的人，他不攀比。他面對生活處境時，會像一位年長姊妹對一位青年姊妹說的，「主給我們肉吃，我們就吃；主不給我們肉吃，我們就不吃。」他所領的都是從主來的，何等的坦然！

最不坦然的，約是路西弗。

天使長路西弗原是明亮之星，早晨之子，從天墜落成了撒旦，乃緣於他有一目的，攀比。他心裡曾說：「我要升到天上；我要高舉我的寶座在神眾星以上；我要坐在聚會的山上，在北方的極處。我要升到高雲之上；我要與至上者同等。」（參閱以賽亞書・十四章13至14節）

他忘了神是獨一的，神是不可比的嗎？

不！他所要的，就是推翻這個獨一。他要與神並列，他要與至上者同等。

相對於撒旦，耶穌卻本有神的形像，而不以自己與神同等為強奪的（腓立比書・二章6節）。他甚至虛己，取了奴僕的形像，成為人的樣式（7節），親自來尋找失喪者，也來赦免犯罪的。

他是罪人和稅吏的朋友（馬太福音・十一章19節）。

哦！我們有一位好朋友，就是耶穌。他不與人攀比，他樂意到我們這裡來（約翰福音・十四章18節），傳福音給貧窮的人，並且報告：

被擄的得釋放，

瞎眼的得看見，

叫那受壓制的得自由，
報告神悅納人的禧年（參閱路加福音・四章18至19節）。
主與我們同在。

寫在一本聖詩之前

聖詩，歷世歷代聖徒吟唱的詩歌。

都說詩歌，是人最細嫩的感覺的流露。這些細嫩的感覺像氣，如香似縷。釋經大師達祕（J. N. Darby，一八〇〇—一八八二）在他的讚美詩中說：「這樣感激心香如縷」。心香如縷。用最純潔的情操，最飽滿的詩意，最新鮮的靈感，最深刻的經歷，最寶貴的啟示，最超然的意境，最感性的文字，最真摯的聲調，最親切的比擬，最動人的旋律……用一切最細嫩、最有感覺的質料，在心裡鍛鍊成一壇香，點燃它，放在神面前，放在自己面前，也放在聖徒中間。香氣裊裊，不絕如縷。或傾訴，或呼求，或仰望，或陳述，或愛慕，或讚美，或祈求，或受安慰，或彼此勸勉；一縷香氣，繚繞昇華，不絕於天，不絕於人，不絕於地。一百年，二百年，三百年……從寫詩的人心裡來，往唱詩的人心裡去。

一本詩集一壇香氣。

至大無外，至小有內，原來，通心也就通天！天在地上，天在人間，天在一顆心的方寸之上。把心收拾好，把心煉淨，便如祭司以一壇香，帶著香，穿著香，進入神聖的至聖所。遠遠望去，那似乎是一個香人踏入了聖地，更可以說，那是一縷香穿透了厚重的幔幕，緊緊環繞著法櫃。

香縷縷，香瀰瀰，香漫漫。再把鏡頭拉遠，那縷香彷彿滿到一個地步，不得不發放出來。於是，會幕外的人看見了，曠野中的人看見了，大河外的人看見了，大海外的人看見了，地上的人都看見了，連飄浮在無垠星河中的沙塵也看見了。那縷香灼灼然，有神性的光輝，有人性的美德，有最苦、最樂、最富層次、最難言盡的神人對話。宇宙之香，神人之香。

難怪乎，那追求聖者的人要說：「北風啊，興起！南風啊，吹來！吹在我的園內，使其中的香氣發出來。」（雅歌．四章16節上）那縷香鍛鍊在心裡，薰在園內，發放在浩浩穹蒼。「願我的良人進入自己園裡，吃他佳美的果子。」（雅歌．四章16節下）心園，方寸成園。當心園完全成為聖者自己的園時，那縷香甜美，那縷香芬芳，那縷香聖潔，那縷香屬天，那縷香無瑕，那縷香無己，那縷香叫神人動容，那縷香叫神人喜悅滿足——啊，那縷香泱漭、無可限量！

是的，一縷香。

一壇香。

一本聖詩。

卷三

哭

哭

娟是一位比丘尼，她當了六年尼姑，後來還了俗。說到她，我總想：一個人要出家是不容易的，一個人要還俗也是難的。因為兩者都需要勇氣。

原以為還了俗的她，以後節儀聚會都能參加的，結果不然，她把自己隱藏起來了。為什麼不願意露面了呢？

略算一下，我約有二十年未見到她了。這其中當然包括我出外讀書、工作，平常也很少參加聚會的緣故。但自從她還了俗就不再出現，卻是很明顯的。印象中最後一次見她，還是她做小女孩的時候，不，應該也算一個少女了。十二歲的她過年時穿著一身白洋裝，清秀的鵝蛋臉，行止間已有初成女人的羞怯。殊不知三年前，她們家三姊妹才遭逢父喪；事故那天，我同她們趕赴醫院，見著沒有一絲氣息、面色青紫的亡者，聽聞她們母親悲慟的哭喊，心想這是多麼不幸的三個姊妹啊！

或許是太早經歷死別，娟對宗教的感悟比別人多，她敬神禮佛已具有奉獻的姿勢。考上大學中文系那年，她竟為自己選擇另一條路，受戒出家。她渴望修行成佛的心願，在這家族裡是受到成全和祝福的。於是她上了山，出了家，照見五蘊皆空，杜了一切塵緣和貪嗔痴怨的罣礙。

但是，她也悄悄下了山。

「如果悲憫是把人類的邪惡和醜陋掩蓋起來，那這樣的悲憫和偽善是一回事。」——莫言，《生死疲勞》。

終於我問我母親，你還有見過娟嗎？她回答，還俗以後她就不敢來看我了。這裡的話中是有話的。尤其是母親用了「不敢」這兩個字。是什麼使她不敢？這裡為什麼有不敢的問題？

我又問，她現在在做什麼？答，交了一個男朋友，聽說是做水電的，同居在一起。又問（本不該問的），她為什麼還了俗？說是與她的母親有了誤會。

我不想回答竟是這樣，一時心裡五味雜陳。

有些事欲辯難言，怎麼說去？

不過我總想，既然下了山，回到世俗裡來，就沒有辦法無親無故地活著吧？聽說——我們只能聽說——她還是與她的母親有聯繫的。那次是因懷胎流了產，身體孱弱，不得已回家找了自己的媽媽。

我想像那是一個晚秋的早晨，窗外涼陰陰的天氣，她的母親用清湯熬煮好一碗粥，附幾碟小菜，托盤到她的床邊。輕輕喚醒了她，問昨天睡得還好嗎，來吃飯了，多吃點，身體最重要。娟掙扎起身，半躺著，仍是那張清秀的鵝蛋臉，只是氣色虛白，黑眼圈，兩眶浮腫——是昨夜哭過了嗎？

哭是好的。

不存在的節日

二〇一四年五月北捷事件，全國一片震驚，新聞追連報導。紛紛揚揚的消息中，有大學生發起「勇敢搭捷運」活動，號召台北公民穿上自己常搭路線的T恤，坐在捷運上；也有民眾發起「愛的活動」，敞開胸懷與雙手，給予感傷的民眾擁抱。江子翠車站外，悼念花束源源不絕，心痛淚水源源不絕，而正面湧出的力量也源源不絕。

是啊，報章上我看見T恤設計圖案，也看見素昧平生的人擁抱。

素昧平生的人怎麼能擁抱？

中國人講究授受不親；中國人，並不擁抱。在西方，對素昧平生的人也不擁抱，他們握手。初來美國有三怕，怕說英語，怕種族歧視，怕擁抱。但美國人，尤其是黑人，他們對於朋友總是樂於擁抱。

瑪麗蓮第一次見到我，彼此問了名字後，就伸展雙臂抱我，說：「真開心認識你！」我被抱得莫名其妙，心底卻有溫暖。即或這樣，我從不主動擁抱人，對中國人更是如此；不是冷血，是生性壓抑。

我主動擁抱的第一個中國人，該是朱老師。我與朱老師相識十多年，他待我如兄如父，情誼菲薄。我與他來往，常是一分敬重，最大的敬重。二〇一一年秋，朱老師喪偶，他的師母亦是我熟悉、我所愛的。安息聚會後，我們列隊一一與師母告別，並與家屬握手致意。輪我來到朱老師面前，一時傷痛不住，就擁抱著老師哭泣起來。

那是第一次，我與他那麼近，近到可以抱他，可以放聲痛哭。

哭過才體會，做人真難，勞苦擔重擔。家庭問題的重擔，心靈創傷的重擔，不能說的祕密的重擔……這些重擔向誰訴？怎麼釋放？如何療癒？

全能神只有一位，沒有人可以是上帝。人所能給人的，最簡單的一份精神禮物，是擁抱的接觸所帶來的心的溫度。無聲勝有聲，有了這份溫度，像黎明日出，許多的陰翳消除了，許多的猜疑釋散了，許多的恐懼安定了。

生命本孤獨；如一隻貓也渴望觸摸，撫摸的和被撫摸的，都平靜下來。人間真善美，原來可以在手的一摸。

那一摸，痛緩了，愛昇華了。

若這樣，一個擁抱，一個可以擁抱著哭泣的肩頭豈不說得更多？

哭吧！憂傷的人，不安的人，痛悔的人，但願世上有一個肩膀給你。人，不是剛硬的石峰；人是軟弱的，有悸動的心腸。人，不是不朽壞的千斤頂；人是脆弱的，會被壓傷的蘆葦。人不能單獨活著。讓我們向世界宣告，所有人都值得有一個肩膀，一個真誠的擁抱。

素昧平生的人真的可以擁抱嗎？

可以的！活動一天下來，有的人抱了上百個陌生人。他們見證：「擁抱有療癒力量，我的心情也被療癒了。」平安如水，一路跟隨他們伸張的手臂。想起基督教一首有名的詩歌：

平安正如水流，一路跟隨我；
憂慮卻如怒濤橫湧；
任何的遭遇，你已教我能說：
我魂，你應安息，無所恐！
哦，我魂，可無恐！
哦，我魂，可安樂，可無恐！

二〇一四，「再也沒有這樣的一年，這樣的三月，四月，五月……教導我們，什麼是痛苦，什麼是愛。」那麼，為了這個痛，更為了這個愛，且讓我們把八月十八日稱作：

擁抱節。

八一八，抱一抱。

在這一天，我們不分貴賤，不分語言，不分男女，誰都沒有權利拒絕人的擁抱。你當把自己釋放出來，接受人的擁抱。你走在街上的時候，會看見許多微笑，因為或者你去抱人，或者人來抱你。

身體可以解放心靈，我們敞開心來擁抱！

〈擁抱節的由來〉

北捷事件的創傷暴露人心需要療癒，人與人需要互相扶持，彼此打氣；因見民眾發起「愛的活動」有感，遂立此節。

〈擁抱節可以這樣過〉

你可以走入人群，以善意的微笑詢問一個擁抱，說一句鼓勵或祝福的話。這些人包括你的親友師長，你的鄰居或他的貓狗，善待過你或惡待過你的同事，當然也包括超商店員、發傳單的工讀生。你為自己創造一個親近人的機會，和解取暖的機會（勇敢地哭出來的機會），以及，相信這個社會的機會。

也是童年往事

美國C城中文學校舉行說故事比賽，邀我去當評審。參賽者大多是美國出生的華人兒童，也有混血兒，以及極少數「外國」小孩，他們平時上美國學校講流利英文，周末才被帶來學習中文。

說故事比賽其實是一次成果驗收。賽前他們坐在一堆，開開心心，個個皮樣兒，一上台，突然侷促起來，肌肉僵硬，神經緊繃。他們在以另一套語言邏輯，演繹自己的「母語」，說一則又一則成語故事，如父子騎驢、朝三暮四、塞翁失馬，或說小學課本裡烏鴉喝水、龜兔賽跑的故事，也有以格林童話為藍本的，說小紅帽、三隻小豬的故事。

口齒清晰占五十分，故事內容和台風儀態各占二十五分。孩子一開口，前五十分就可以定下來了，就像一個鋼琴大賽，演奏者一落鍵一呼吸之間，就知道氣候了。大多還是洋濱腔，語音轉折還不成調，都在腦子裡努力回想母親指著中文故事書、口把口傳述給他們的那些語音和意義。當然也看到有人腦中圖畫和講述之間連成一氣的，也有突然拉出一個說書人的調子的，還有一個據說是古聖孟子的後代，舉手投足、抑揚頓挫、起承轉合連音使我差點以為時空轉換到中國本土上——這確然是異數了。

輪到三年級學童上場，一名小男生羞怯怯站出來，眼神放空，口中一字一字吐音出來。我看著他，驀然，想起一件遺忘已久的事。那也是一場比賽，時序年輪要快轉好幾圈，我三年級的時候。

導師有一天告訴我，有一個比賽題目叫：保密防諜，要我代表本班去參加。為什麼要我去呢？我想因為我是班長。為什麼我是班長？因為我是 1 號。1 號最年長，1 號比 2 號只大兩天。排隊打預防針，1 號先去；測驗拉單槓，1 號第一個；發課本成績單，從 1 號開始。

後天要比賽，今晚就得著手準備吧。

父親不在家，母親文盲，保密防諜一切靠自己，既興奮又緊張。幸好大街有一家書局，小學生作文範本買回家，嗯，保密防諜好幾篇，這句不錯抄下來，這段不錯也抄下來，讀一讀，吟一吟，唱一唱，好像還行，導師說三百字就好。

隔天交給導師看，他說可以。

比賽當天我隻身比赴，這次我的排序不是第一，是第五；我是第五班。三年五班同學上場，評審唱名了，我起身站出去，手腳不自然，胸口繃得像鋼板，整個人快不能呼吸。

站定位，雙手交叉放後面，眼前黑鴉鴉都是人頭，全部盯著我看。既沒有退路了，就什麼都不能想，雖什麼都不能想，眼神還是放空，口中一字一字吐音出來——

保～密～～防諜……

停！不是用唱的，是用講的。

全場爆笑。

啊？我腦中嗡嗡嗚，以為前面的人不唱是各人有不同表演方式，現在才知道原來不能唱，只能講，這是演講比賽。到底什麼是演講比賽呀？！我的心狂跳，臉一定羞紅了。陽光斜斜照進教室，清亮溫暖，一時之間，眼前畫面定格了。我再開口講出我的「歌詞」，依然兩眼放空，以自己也不懂的節奏進行著。

講完了，下台一鞠躬。

全年十二班，都講過了，等待評審公布名次。

……第三名，三年五班。

三年五班是我！我呆呆傻傻獲知得名，接受掌聲，那時，凝結的空氣一下子全化了，我的心也舒鬆了，嘴上開出一朵花。

這便是我第一次參加比賽的經驗。三年級的我，九歲，對保密的道理是覆誦的，對匪諜的概念是模糊的，對比賽的場合是陌生的；那時的我只知道有個五燈獎歌唱比賽，螢幕上那些男男女女引吭一曲，唱罷，主持人唸「一個燈，兩個燈，三個燈」。我想，我要參加的比賽一定是這個。事實不是。以後我又參加無數個比賽，書法比賽、作文比賽、科普比賽、智力測驗比賽，就是沒有參加五燈獎比賽。

再也沒有五燈獎了，取而代之的，族繁不及備載。

要我再唱保密防諜？

對不起，我唱不出來了！

好久不見

離開學校後，我從沒有參加過同學會，好多同學都沒有再見上一面。去國十多年，我更宛如人間蒸發一樣，完全處於失聯狀態。只有一人，我倒是見面的，就是阿芳。

阿芳是小學同學。我去找阿芳，理由只會是一個，照相。他家是開照相館的。我家方圓數里似乎只他家一間照相館，而且我也信任他們的技術，就這樣跟他見上面。

阿芳是個開朗善良的男孩，退伍以後，從事相機推銷事業，後來克紹箕裘，繼承父母之業，接手經營這家照相館。每次回國，我總有事要來這裡一趟，換新護照要拍照，辦身分證要拍照，申請國外文件也要拍照。

後來連我媽也去照了；她穿一身海青，面目莊嚴清淨，請阿芳幫她留影，說是將來用作遺像的。從搖籃到墳墓，照相館記錄許多少張臉，每一張臉上寫著生命的變化。時間的魔光流轉。

生意如何？我問他。

他說，還可以，過得去。

而他問我，下次什麼時候回來，辦同學會你來參加？

我總是不知所云地推辭。

他見我推辭了幾年，有一次他拿出一張相片來，黑夜篝火中三個人影，都是女的。一看都認識，是同學。其中兩個坐我後面，我有時向她們借錢去買巧克力麵包；另一個是轉學生，她的字寫得好看，人卻敏感，動輒就成淚人兒。三人手上都抱一小孩，五、六歲大，阿芳說是她們自己的孩子呀。

喔，都做媽了！

你看，都畢業二十幾年了。

見到二十幾年後的老同學，心裡有一點甜，有一點茫然，更多是無語，不知該做怎樣的感慨。

又過兩年，我去見阿芳，還是照相。大頭照，長寬兩英吋，要有肩膀。照好了，才要走，他請我留步，說：「還有張照片給你看。」

前景是布滿沙塵的操場，背景是兩層樓的教室，中景是搬椅子坐在場邊的散亂的小學生。灰涼天氣，光線冷淡，都穿長袖運動服，沒有特寫畫面，卻有兩個小人看向鏡頭，好像是持相機的人早已經把他們框住，然後喊名兒，聞聲，兩個人轉向他。其中一個，是我。

持相機照相的人就是阿芳。

乍見小學生的我，彷彿潘朵拉的盒子被掀開一樣，墜入時光隧道的漩渦裡，一時呀然。穿越過去，我看見我，但又知道，那裡的我不是現在的我了。不，也是我。我，以不同的我——蛻變過的我，被世界開眼過、淬鍊過、煎熬過的我，看著另一個我。

我理解的人生，遠已不是那相片中的我所理解的人生了。

不錯，那是一九八三年的冬季運動會；再過不久，我就從這所小學校畢業，換上中學生的制服。

然後呢？一所學校、一所學校的畢業，告別了同學，再也沒有回頭。

思及此，突然有點傷嗟，心頭不知徘徊什麼。阿芳這時拿出手機來，說：「錄一段話下來，下次同學會我當作祕密武器，播給大家聽。」

我竟同意了。

錄音開始：

各位同學好，我是馮平，好久不見……

見面之後

馬丁收到書之後，立刻跟我打電話，我相信他會打這個電話的，只是不知道會這麼快。另一個使我想不到的，是他的濃濃南部口音，以前似乎沒有這樣濃，濃得好土，好像一個廟口路邊賣香腸的阿伯。

兩個人聯繫上了，都很開心，我能想像他笑的樣子，小眼睛，憨真誠篤，溫暖如太陽。我忍不住問他口音，到底來得太突兀了，跟夢裡面不一樣。不，那麼多的夢裡面，他一句話沒有說啊。他沒有開口說話，就不知道口音變成怎樣。原來夢是無法傳遞真正的聲音的，夢的聲音大概都是自己記憶裡的配音。弗洛伊德不知道發現這個夢的缺陷和奧祕否？

對口音的疑問，他回答我：「人不親土親。」這個邏輯我一直沒懂，因為我不是南部人，和他並不同鄉，完全沒有地緣關係。濁水溪以南的台灣於我是陌生的。何止這樣，台灣對我來說，長久以來相當只等於台北。當年也是為了留在台北，我才跳過清華大學，跑進民生東路那所校區狹仄的法商學院。

是在那裡遇見了馬丁。馬丁是道地的南部人，他來自台南，或許是到了台北，他的口音才做了一點調整。也或許他的口音從以前就這樣，只是我的記憶太鬆垮，忘了把它嚴謹地收藏進來。這樣，好像聽不見聲音的夢更像畫質粗糙的默片，又真實又老舊；那真的是夢啊。

馬丁這兩年來到夢裡，情境總是稠得像裹住一層瀝青似的，場景在教室，明明燈光那麼敞亮，氣壓卻非常低迷。我經過馬丁的課桌旁，他看我一眼，不說話，我徑自走去自己的座位，黯然坐下。後來發現，這樣的夢都是我在最感到失意和徬徨時才出現的。

我不算一個好學生；大學末兩年，我的功課一直向下沉淪，終於探底。有一次我在系辦公室看到自己的成績單，真的以為在做夢；我像是自己的背後靈，浮升起來，看見自己面對牆上張貼出來的成績名次。而馬丁是一名好學生，也是一位矯健的運動員；他一向如此。他的汗流過紅光滿滿的臉龐，滑過光潔富有彈性的體肌，浸溼了短衫短褲。

谷歌他的時候，除了一篇他為少年觀護所寫的案例故事外，就是他參與羽球比賽的照片。也只有一兩張。但也夠了。他沒變，小眼睛，頭髮濃密，笑容仍如春陽那樣溫煦。不，再細看，人好像變寬了，胖了一點。拜網路科技之賜，就這樣見到了。他也會谷歌我嗎？做為一個有活動的人，我也會被谷歌攫住，被迫留下洗不掉的文字和影像。儘管我一直想隱姓埋名過日子。

「書中寫到了你，」我說。

「不要告訴我第幾頁，讓我自己看，」他說。

他是認真的，他會看的，即或他沒有這個義務。我相信書會隨著他上火車，進辦公室，再上火車，然後回家。睡前他會看，直到疲倦了，或者被他的妻子提醒該熄燈了，他才把書放下。那位妻子是我的學伴，她叫梅；當年我們學著學著，我就把馬丁推薦給她，她欣賞我的眼光，笑納了他。

這次我決定見馬丁一面。

南下的高鐵列車穿行城市和鄉村，溪流和田野，浮雲滿天。至少有十五年，這個島上我最南只到桃園，為的是搭機，要返回一個我暫時定居的地方。列車裡聞不到外面空氣，但不知為何，看著窗外景色翻飛，我內心有些悸動，似乎在告訴自己：這是台灣，我斯生斯長在這塊土地上。

人不親土親。

台南到了；我的心噗噗跳，太多大學同學都在腦海中模糊了，而我還記得的是徐，以及馬丁。谷歌徐，律師一名，去電他的事務所，他熱心熱情依舊，告訴我許多同學近況，也說馬丁從嘉義借調到台南去。

終於聞到台南的空氣，或許因近兩年台南像顯學一樣，被大量書寫並且讚美著，就總覺得這裡的氣息在濕熱中，更顯得質樸厚重，深具人文底蘊。陽光暴曬，和風微微，我從台北的冬晨中所攜帶出來的呢大衣變得累贅了。

計程車載我從郊外進入市區；古都街市狹窄，人車走動，一片赭紅牆樓晃眼過去，「那是孔廟嗎？」

答：「孔廟在那邊，這是延平郡王祠。」

車停在法院，資費三百多元。身為法律系畢業生，第一次進法院，想著竟覺得自己可笑起來。通報等候，我早來了五分鐘，就要相見了。

馬丁下樓來，是我先見到他的，他穿短扣長袖束口T恤，拉鍊背心，藍卡其褲，手上拎一袋東西。徐已經告訴我，馬丁戴眼鏡了，果然是有；又說生了華髮，看似也有。我起身喊他，相見歡，都笑；那是夢與現實的無距離。

他領我進一家百貨公司，上電梯到一家泰式裝潢餐廳，裡面賣的卻是西餐。他不講究吃食，就全權交我來點菜，兩份義大利麵套餐，一份烤雞翅，一份焗烤蔬菜，一壺伯爵紅茶給他，一杯咖啡給我自己。他說本來邀梅一起來，可是她來不了，就轉交了一袋嘉義名產的酥餅給我。我收下了，說謝謝。

面對面坐著，跨越夢境看見他，才知道夢盤旋了好久，呆滯了好長時間。夢啊，從來不顧現實變化，執意留守過去，即或它有時也有自己的想像。馬丁老了。我們互問近況，家庭事業，也談了一些其他同學。總是這些，也無非這些。他努力想使我記起某些人，我的印象一時回來了，又任他流去。

我一直不覺得自己屬於他們；那四年，不，我後來多留一年，好像是我人生極盡想洗去重來的一段。可無論怎麼努力，還是留下一個人，一個夢，像懷孕難產的婦人，怎麼也甩不掉、打不下、掙脫不了這一個。

到底為什麼？

「還騎車去夜遊嗎？」我問他。

「沒有了。」他有點詫異我提起夜遊的事，接著說：「我總共去夜遊兩次，後面載的人，記得一次是皇，另一次就是你咯？」

我點頭。

那年二十歲吧，他還沒有跟梅在一起；日落多時，兩部重型機車從民生東路出發，爬上山區，向九彎十八拐逶迤而去。進入宜蘭平原，在一條筆直公路上飆車，時速一百五十公里。彼時我來不及阻止，也不想阻止，青春放浪一回，我已抱著死去的態度。

再來一次？不，絕不。那一路我死緊抱著他。

「有一次坐火車到台北，梅帶女兒直赴娘家，我和兒子中途下車，一路騎車上去，途中奔馳好幾處地方。」他說。

時間改了，他背後乘載的人也換了。父子倆可否也像流星一般電光火石地飛曳於道路上？或有一秒鐘，兩秒鐘，我陷入一幅畫面裡。都說女兒長得極像梅，兒子長得極像他，他自己也承認，討照片來看，他皮夾裡一張也無。他說，兒女們問他為什麼你的同學要把你寫到書上？我想知道他的回答，但他沒有說出來，我也就不問。好像有些事不說不問比較好。

「還有去世界看看的心懷嗎？」我問。

他認真地說：「有，有時也羨慕單身的人，也想放棄一切出去浪跡天涯。」接著揶揄自己，說：「把這個念頭告訴梅，她看我一眼，說好，你去啊！」

說著我們都笑，知道這個男人是勤懇有責任感的，他一身擔子是怎樣都不會、也不肯放下的。於是他定型了，忠誠的另一面似乎就是如此。

除了家庭，馬丁自就職以來，焚膏繼晷，宵旰不懈，常把工作延伸到周末假日中。嚴審明證，查實判決上書，使他在公部門中獲得稱許，也在庭外獲得美譽，然而日積月累的案牘勞形，他的背微駝了。那漸漸佝僂的背脊令人看得心疼，亦叫人為他感到驕傲。台灣何其有幸。

日正當中，街市喧聲交融，我們站在路口告別。他沒有臉書，只能在我的筆記本留下電郵地址；寫的時候，我用手機照了他一張相。是他四十二歲的身影。寫完，他還我筆記本，我們握手，他說：「下次見面不要再隔二十年了，人生沒有那麼多二十年啊。」

我微笑，點頭。

二〇一四年十二月至今，也就是那次見面之後，我沒有再夢見馬丁。好像有個東西脫掉了，偷偷撒手而去。這段時間，我偶爾會想起那南國的風徐徐吹來，也會想起那日頭曬在他的白髮上，像一片張不開翅膀的羽毛。可是，我真的再也沒有夢見馬丁。一次也沒有。

馬丁去哪裡了？

雨霧基隆

火車在雨中行駛。

雨很大，到汐止時，疏落一些，一會兒又像掛下重重珠帘。沿途民居被浸在水氣朦朧中，山巒迭起時也是含煙籠霧的，帶著陰森森看不見底的靜寂。每一站都有人進出，雨具和鞋履也就弄濕了地板，而每次門一開，寒氣就透一分進來。雨勢綿綿，看來這一天都將如此。

七堵到了；從松山站進來的一批高中男女生，穿運動服，攜大包小包不等，一邊談笑一邊吃早餐。十七、八歲都是元氣健旺的年紀，他們不在乎冬寒，頂得住風挾雨勢吹落肩膀。八堵到了；他們哄哄下車，人也少了一半，車廂一時聽不見任何聲音，尤顯清冷。一直見不到暖暖，這班區間車似乎不停靠暖暖。再看窗外，雨絲似有若無，怎麼也見不到暖暖。暖暖有一個朋友的童年。前面是三坑，過三坑，基隆就到了。走出車廂，天光慘淡，陰涼襲身，覺得穿少了，只把圍巾再拉緊。

車站外望去，原來就是港口，臨東海。濕冷空氣中，有海的味道，有微鹹海風遼遠悲壯的吹拂。確實是背山面海；海港大樓矗立，巨船貨櫃往返，機具運行操作，海鷗一兩隻。

碼頭旁就是鬧市，車輛如流，商店街也開門招攬生意了。時間還早，進車站旁一家店，點選咖啡和麵包，坐下來吃。店外淅零零，傳說中的雨港。行人張傘有的快步，有的慢行，也有一位白人背包客行在雨中過馬路，還有一位黑人走進來看這裡的麵包，他或許是一名船員。

上次來基隆是什麼時候？想想，約有十五年前吧，是跟團來訪問教會的。但印象最深的，是小學時候來過，客運上沿途瀏覽青翠山嶺，晴藍天空，和海鳥成群徘徊的港口。母親一位朋友在山裡水澗旁有一處屋舍。長大後似乎來過和平島；那時已是萌動愛情了。一直沒來過的，是基隆廟口。天婦羅，廟口第16號攤；吳家鼎邊趖，仁三路廟口27—2號攤；炭燒蚵仔煎，仁三路廟口36號攤……據說都相當有名，口味好也是頂著保證的，應該去吃吃看。

「請問愛三路怎麼走？」

當地人比劃路線，說這樣走那樣走，再右轉就是了。前頭一座頂棚天橋，橋上多路分岔，直行下橋後，沿騎樓走，過地下道，上地面，走百公尺右轉，果然見愛三路。這一路走來，到處是水漬，滿地濕漉漉，瀰漫陰濕氣息。十一點，市集火熱起來，人聲車聲雜沓，貨物聚散，銀錢易手。

愛三路走了兩趟，終於還是問人，「上班族咖啡廳在哪裡？」

「前面兩個街口那裡，」一名賣成衣中年女士一邊做生意一邊回答。

回頭走，看到了，在二樓。

約在十二點，再走走。也不敢走太遠，圍繞愛三路幾條街走，某些路段冷清清，一臉倦困的樣子。看似有趣的店就去逛逛，嬰兒服店、文具書店、日用雜貨鋪、茶葉店……雨勢小了，還有點點滴滴。看到了李鵠餅店，原來在這位置。店員見來客觀望於外，說：「今天剛做出來的，帶一盒吧。」不知是前陣子用的豬油出錯了，還是陰雨的緣故，這家有名餅店一個顧客都沒有。

十二點，從名牌服飾店出來，一眼就見到她了。她拿一把細柄名畫傘，著粉色羽絨外套，直髮垂肩，等在對街咖啡廳騎樓下。知道她是絕不會遲到的，一貫的律己律人。記得她第一天來上課就是如此。鐘聲響畢，她進教室，上台。當天她穿的一身綠連衣裙，眼神犀利，言詞精簡，執粉筆寫自己名字，三個字，一筆一劃如刻鋼板嚴嚴正正，一絲不苟，正楷柳體。寫完即約法三章，語氣堅剛，如摩西頒山上誡命，憲令恢恢。

改作文必用毛筆，沾硃墨，句句點閱，錯字挑出更正，佳句圈起，常有眉批。文末評語，動輒三頁、四頁，分點一一陳敘，或鼓勵，或教導，或批注，或提意見，或發抒議論，亦用嚴正柳體，端然莊謹。日後見雍正批示奏摺，噗哧一笑，覆文長度和書寫態度，兩者竟如此相像。

「你好。」上前輕輕抱了她一下。

見她略顯尷尬，約莫不習慣這套西式禮儀。（她是屬儒家的，重次序，講倫理，按規矩而行。換言之，五常即天綱，日有日的軌道，月有月的時候；天地人各有法度。）她說一早起來嚴重過敏，本想取消約會，卻想見個面不容易，還是來了。是啊，她面頰微微紅腫，有發疹的粗糙，真是過敏了。

她的臉真小，骨架真纖細，一點沒變。不，眼角還是看出一絲紋路，在往深處爬去。上樓吧，是一間空間不大、僅約擺八張桌子的西餐廳，後來知道還有三樓，三樓燈光灰黯，不開放，惟廁所可以使用。店內陳設牆面都失了亮澤，看來經營很長一段時間，是個道地的老店；這時沒有其他客人，只有一位中年男士在客桌上看報，是老闆。

靠窗入座，老闆從吧台遞來菜單，白水。那個堆放雜物的吧台頗有專業氣勢，從前大概也賣酒，現在不知賣不賣；可以想像，二、三十年前，這裡夜晚酒水杯影紛紛，可以算是很時髦的聚會地點。

都點義大利麵套餐，她避開了海鮮。

回到容貌話題上，她說：「你想你都幾歲了，我怎能不老呢？」說的時候淺淺一笑。她笑起來是美的，含蓄的；課堂上從不見她笑過。她笑說出她對自己的風華漸淡，倒不怎麼上心，自然的嘛。但那文雅氣質，說真的一點沒變，她的靈魂落不下一絲皺紋，談起文學還是眼光矍鑠，神采飛揚。

忘了多久的多年前，第一次去她家，在八堵，看見她的一牆書櫃滿滿志文文庫，以及種種其他；一個道地的買書、藏書、嗜書的文學人。問這些書怎樣了？她說正在重新整理，原因是太多又太重，一日壓垮了書架和地板，散了一堆。說著又笑起來。

窗外人車湧動，凍雲飛雨。

「身體都好嗎？」

她低頭捲麵，說了一句「還行」，就沒有多說。那一年那一場手術，開的是什麼刀，經歷什麼樣過程，結果如何，現在又怎麼面對，她似乎不願談起，語態很保留。曾經吃過她母親做的午飯，便問起來，便說母親過世了。又說這兩、三年，忙著照顧婆婆住院，進出醫院頻繁。

婆婆？這說明她結婚了。她算是晚婚的吧。師丈是同校碇內國中的體育老師；兩人如何相戀，婚後生活感想，至今為何膝下無子，這些她是不會輕易吐露的。她瘦，個性並不弱。矜持而生的認真執著，浪漫而生的摯情不悔，她的端淑嚴謹的背後也有一顆心，隱隱約約指向了杜麗娘。

她是票友，這是以後才知道的。《霸王別姬》、《白蛇傳》、《定軍山》、《貴妃醉酒》、《群英會》……於她如數家珍，浸淫其道，入戲其中。但論藝術造化，她說非看崑曲不可，湯顯祖《牡丹亭》。第一次進國家劇院，便是受她所邀，單獨和她一起。幕起，杜麗娘〈遊園〉，「原來姹紫嫣紅開遍，似這般都付與斷井頹垣，良辰美景奈何天……」，此後情境轉折跌宕，〈驚夢〉，〈尋夢〉，〈離魂〉，〈拾畫〉，〈還魂〉……一名少女的為情而死而生。

包廂中她一旁輕聲講解指導，做手如何，身段如何，音韻如何，詞曲如何，意象表現如何……卻不說那女子尋夢的心，也不說女子違抗父命的固執和勇氣，更不說為了一段夢中情緣何以一定要葬送性命。

如此相見很美，回憶過往很美，連盤中的海鮮麵亦是鮮美。

「這次回來，還見了誰？」她問。

「只有你，和曾老師，也只聯繫你們兩位。」

「曾老師好嗎？」

「好，她後來從明志國中轉到五峰國中。」

「也退休了嗎？」

「嗯，退休三年了，現在在師丈的公司管財務，日子過得清閒自在。」

「怎麼找到曾老師的？」

「也是透過人事室才找到的，二十七年沒見，昨天終於見了。」

「曾老師有教過你嗎？」

「沒有，你也只教我們半年啊。」

老闆來上咖啡；這個周一中午時段，店裡始終只有一桌客人。輕柔音樂在耳邊迴響，時間在萬事萬物中過逝，光線或長或短。雲淡了又濃，天開了又陰；一隻船駛去，一隻船又來。風起了，雲霧從海上翻飛而來，煙波蒼茫。山不動，河谷幽幽，火車穿行盆地而去而返。汽笛鳴揚，一名船長寫下航海日誌，說：二〇一四年十二月八日，這是台灣，我們到了基隆。

老師姓蕭。

雨，淅淅瀝瀝；街景及其盡頭，一片模糊。

南方潮濕

車廂晃動，像一顆心在忐忑。

中山國小，車門開了，進出的人不多。車門關上。我想我還是坐下吧。

雖說不是尖峰時刻，可要找個獨坐位子也是難的。博愛座我是不去的；有時見一些年輕人坐在那裡，像是有意的，又是無意的。我坐下了，鄰座的青年人在滑手機，側對我的兩名美眉也是。我也有手機，但我此刻還是安靜好些。我緩緩做了幾次深呼吸。

車又停了。我的還沒到。

臉書上見過了，她用的是本名，照片也是本人，一眼就找出來了。（沒錯，是這個笑容，溫甜的，像一抹春日彩雲。像一隻汲過蜜朝你飛來的斑蝶。）也輕易谷歌出來，在五峰。

古亭，我得下了，換綠線。

前兩天就決定這樣穿，白衫牛仔褲，黑皮鞋，天冷再搭件西裝外套。順手加一條圍脖。別忘了帶傘。

下雨了。

從捷運新店區公所出來；雨勢不大，空氣濕透了，有草木香。頃間，我看見山。雨水洗潤著青山。盆地是山圍成的；恍然憶起，島上三分之二是山。海島，山國。婆娑之島，山巒連綿。

見面第一句話該說什麼？我想了千百次，沒有答案。

就說我回來了吧。或許。

「請問五峰國中怎麼走？」我問。

「從這裡直直走下去就到了。」一名青年人指引我。

我一手舉傘，一手提布包，裡頭主要裝一本書。今早出門時，才在扉頁上寫一句話，十一個字。這樣夠嗎？夠了。

夠嗎？我不知道。

不久便看到校舍，聽到青澀浮躁的喧譁聲。就到了。午休時刻，有家長來給學子送便當，他們穿雨衣騎摩拖車來。而我，像踏過蓮花的開落而來。

向門房報會客，管門的認識她，說三年前退休了。

不是才大學畢業嗎，怎麼退休了？我杵在那裡。進不去，退又不想，回頭看天光下雨絲裡的校園，知道她打這裡走過。

◇◇◇

第二節課後，我走進國文科辦公室。她問：「你找誰？」我說，蕭老師。「蕭老師不在，有什麼事嗎？」

這話其實她可不問，只是問了還不忘綻朵笑容，等我回答。我看見天空有雲像一隻魚，吐了兩口氣泡。那時不識她，因著笑，我與她接上軌道。清風九月天，我走向她；我人小小的，暮夏日頭像在我身上爬滿明朗的光蟲。她聽我說話，說我的語調抑揚頓挫有點奇特，頂好聽的。

下一堂課後，我來見她，給她看剛寫的詩：

花飛蝶舞紅，
蝶影花落黃；
花開又落了，
蝶來去何方？

那是寫詩的年紀，多少感懷和心事，一一訴諸詩句。總是失落的多。戀情裡也有多少苦衷。她喜歡我的詩，或許她是歡喜在這流氓城市，三重埔，看見了一名文藝少年。她鼓勵我再寫，寫什麼她都要看。她相信的，這少年是有情志的，他的人格是向上長的。

果然每有新作，我都興沖沖交給她，詩，散文，小說。她拿在手上，立馬讀，像渴望一名心儀的作家的作品那樣。讀完，或有共鳴，述說暢快；或有不解，問說這人怎麼這樣，那人怎麼那樣。

粉絲（fans），現代語；那，她是我的粉絲。

◇◇◇

她不是我的老師。

也是，但不是課堂上的。我們到底像朋友，話說不完的。朋友在一起總是笑；她笑著聽我說話，笑著看我上台領獎，笑著與我迎面而過。

說什麼她都聽。

◇◇◇

想像滅了，相見的畫面被這雨水浸染而揉爛了。

終究只能訕訕離去。

該去哪？綠色松山新店線，經西門。

那年，一個初秋下午，她以摩托車載我，穿過塵囂瀰漫的街道，省道，然後跨上橋。橋下水濁濁，橋上風颼爽。風，從她的鼻尖、額頭、髮際劃開兩道流奔去。有一座山在河那頭，白雲蒼狗，日頭豔炙。

到了，我鬆開手，臉上有她長髮氣味。這是西門町，中華路真善美戲院。她帶我來看電影，《證人》（*Witness*）。她問好嗎？我點頭。哈里遜福特飾演的刑警，為尋找謀殺案惟一證人，潛入一清教徒村鎮。好萊塢緊湊懸疑劇本。

映後她問，好看嗎？

好看，我說。

館前路麥當勞，我們喝草莓奶昔。

走近售票口，看節目表，《巴黎聖羅蘭》（*Saint Laurent*）周五上映，今日周四，可惜了。情是一江水。寫詩的那些年，愛欲湧上來了。天行健，宇宙造化，逃不過那樣出水出油的人生。

雨勢小了，站在中華路上，見灰白天空吹落點點水滴，像在說散落的往事。好比那個周六，她同男友約我去重慶南路；去前，她拿一份報紙來，說坐下，看完我們再走。報上斗大標題，〈中國人，你為什麼不生氣？〉。我讀了，似懂非懂。她說，台灣必須改變了。她提醒我觀察社會脈動，人間景象，可那時候，我的心恍惚了。

都說文學是苦悶的象徵，我愈發在綢繆的情思裡踟躕。她說出去走走吧，我說去看一個人吧。我帶她去淡水看海，看夕陽，看伊。伊比我大四、五歲。伊一直不知道我的心。

再去淡水，是天秋瑟瑟，密雲堆疊如千浮塔。雨在風中。沙灘濕浸浸，波潮搏擊上岸來，三人六腳，嘻笑拍照。走去觀海平台，似身在凶海上，水勢浩大，訇訇然，浪花激射，天地真不可欺也。

◇◇◇

見或不見？

見，辦法還是有的。臉書可以留言，也可以去電人事室，留下聯絡方式。隔早，我將兩條路都走了。剩下的只是，等。

等，是時間的不可逆。等一段情傷結痂剝離，等一棵樹開花結果，等一架飛機在遠方著陸，你只能等。等得夏蟬過了一生，孢子都長了芽，記憶的底片也潮濕發了霉。是啊，像這城市各角落漫生許多霉，例如橋墩，牆壁，車站，騎樓，地下道，果菜市場，公園椅腳，甚至家裡的陽台、水槽和廁所等等。那些自有自長、容易讓人眼不見為淨的小物，頑強不死，死而復生。只要給它空氣，然後給它等的時間，它就斑斑駁駁、細細叢叢地繁衍，一點黑，一線黑，一片黑。

據說抵抗霉，只有一法，就是每天刷拭，像撒飛彈每天進行焦土戰略。霉頭來了，來不及開眼發芽，就被斬除。即或來了，也絕無一口氣可活，一刻鐘可以躲藏。但到底，這是無法做到的，只要這城市還有風，還有雨。

只要梅雨，午後雷陣雨，一波波趕不走的颱風，以及像這十二月東北季風固常帶來的冬雨，一年過一年，黴菌總要在這裡生霉，像在一個人身上留下難以抹滅的胎記。

這就是潮濕的南方，水氣充盈，我們都像流動在空氣中的魚族。

◇◇◇

走出西湖站，收到一則簡訊：等你二十七年了。

◇◇◇

她是想我的，我亦然。

思想也是伴隨潮濕的空氣而生的吧。

過兩年畢業了，我帶著恍惚的心錯失紅樓中學，不知怎麼也決定把過去的一切撇棄。我依然在台北；台北不是黑洞，又像黑洞。我是一顆脫換軌道的小石子，旋進連光都可以鎖住的黑洞。

黑洞幽深深幾許；那意思是，音訊沒有了。

我在不遠之地，又像在好遙遠的天邊，聯繫不上。

而心，決志的心一旦航向邊陲，也總會把距離拉大的，像一個洋那麼大，一個大陸那麼大，一個世界那麼大。一步步向時間的極端走去。

◇◇◇

「如果這當中，誰出了什麼錯，怎麼辦？」她在電話中說。

是這個聲音，這聲音和笑容一樣是溫甜的，像酒釀湯圓，一匙一匙可以熨貼心肺。

◇◇◇

我走進一間咖啡館，知道它在那裡有數十年了，至今依然還在。一個人坐吧台。一杯經典咖啡將近十美元。隔壁有麥當勞，麥當勞太吵了，不想這裡也高朋滿座。中年人多，老顧客多，跟這裡的木質歐式風格裝潢倒是搭襯的。老木頭安定內斂，鎮得住紛迭的人聲交談，以及服務員的來回走動。看老師傅煮咖啡，虹吸式煮法，手勢老練。

吧台後有一鏡面，繪製金銅色世界輪廓，書寫一行日文，惟一漢字是咖啡產地圖；鏡面最上方有一組數字，1984，該指開店之年吧。咖啡放涼兩、三分鐘，一口一口喝了。從世界地圖一一看去，亞洲，歐洲，美洲，不知我如今算是海外遊子，或是歸國華僑？鏡面相對後牆，反映一輪白色圓鐘，時針分針在走。我拿出筆記本，寫了幾句話，塗了。

再看鐘，四點四十五，該走了。

◇◇◇

約了五點見面，忠孝新生站。

我靠在出口外牆，看一個個男女老少從手扶梯上來，從樓梯走下去。

她會是下一個出現的人嗎？

不是。

也不是。

來簡訊，說會遲到幾分鐘。沒問題。時間被蹉跎後還是時間。時間約制了一切不屬於上帝的。再等幾分鐘，天老地荒。

天向晚了，她沒有從手扶梯來，是從街上來。

的確是她！她也認出我了，伸開雙臂，說一定要抱抱我。我們噙著淚，就要放聲哭，卻又提醒自己，不要過分感傷。還是笑吧，都平安活著能相見，是該笑的。

抱過立覺有異，她的髮質比以往略粗，臉上擦了淡粉，長了魚尾紋。不像她，到底還是她，不是剛大學畢業的她；而我，也還是我，只是不再是喜歡寫詩的少年。這些都知道，也不必說。

她一手挽我的臂，一手握我的手，說走。

第一次被女人挽握著走在街上，我覺得有些尷尬，但是知道，她挽握著我的那雙手，裡面有多少歡喜，多少的捨不得。

◇◇◇

風起，水草搖曳，濟南路三段。

她說帶我去一家別致餐廳，我猜中了，她吃驚。「因為前天才來過，」我說。一般人走過這裡，大概都猜不到牆隙間會有一間餐廳。前次來，是我宴請幾位朋友，他們為我的事竭殫心力。這一次，是她在台北千千家餐廳中，選中了這裡。只能說，巧中有因緣。

因緣難說啊。正如我們相識，於她二十五年教學生涯中，我不過是萬沙中的一粒，且是寡情失訊的一位，何以令她為念？然而，是多麼深多麼深的因，才有這一段多麼難解而斷捨不開的緣。

看了菜單，點了餐酒。談話中知道，她離開摩門教，改依佛途。育三子，二男一女，都已成年。現今住新店（中間搬徙幾次呢？）；退休後在師丈公司管財務，日子清閒自在。而我呢？我孑然一身也就沒什麼好說的。酒菜來了，提箸舉杯，我們笑，拍下一張相片；時空定格，二〇一四年十二月，台北。

我送她一本書；她說，也有東西給我。從袋子裡拿出來的，是一份文件夾，厚重不堪。「該物歸原主了。」她說。這是什麼？我翻看一眼，結舌了，心顫手麻。一時，若是可以，我想出去痛哭。

一頁一頁翻過，我不敢看又忍不住不看的，是少年的我所寫的文字種種，那青拙飄逸的筆跡，古怪拗澀的筆名，一一曝光出來。原來……是的，原來那些年，我交給她的詩、散文、小說、周記、作文簿，她通通收下，留檔，像待珠寶那樣存藏著。

再翻，這是什麼？抽出來看，是一張普通不起眼，並且開始透黃的薄紙，前後全劃上橫豎歪斜不知所云的線條。這到底是什麼？是我畫的？再看去，一角落兩個字，「此刻」。我的字跡。難道說，那些暴亂線條代表當時的我嗎？我全忘了。那從記憶邊陲外墜落散去的「此刻」，怎麼都召喚不回來。它重要嗎？保留這樣一張「理所當然」的廢紙，有意義嗎？

難道她一直相信，有一天我會回來嗎？

難道她守著這些種種，不一日覺得累贅，想要放棄嗎？

難道她對這一切等待，無一日不生懷疑，不感徒然嗎？

◇◇◇

天涼如水，陰雲重重濛濛，台北街巷明暗有之，喧靜有之。酒後微醺，心情酣快。

她扶我手，一路去捷運站。

送你去古亭吧，我說。

列車進站，車廂晃動前行，古亭到了。

換車，等車。

燈亮，列車來了。人多車滿。

她進車廂，站立門口，面向我；我提示她，扶把手。

她笑，點點頭。

她笑，我們招手。

她笑著噙著淚，又招手；車門關上。

◇◇◇

她走了。

轟隆轟隆車聲漸去，留下我站在原地。

來看阿嬤

她說，恁阿公阿嬤年輕時就分開，死後也嘸放作伙。

阿嬤幾歲時，阿公就不在了？我問。

三十出頭吧，她說。

車子開向台六十四號線，往八里。台北連日陰雨，今早倒是停了雨，只有滿眼的灰暗和水氣。這是周日，快速道路車輛不多，我們要進觀音山。

阿公為什麼要離開阿嬤？我又問。

她遲疑了一下，吐實了，說，因為恁阿嬤個性較強。

又說，恁二叔公要賣土地，恁阿嬤百般阻擋，說子孫不能沒有房子住，結果恁二叔公就用繩子把恁阿嬤綁起來，拖到河邊，不讓她再去阻擾。

說這些故事的人，是大伯母，閩南語叫大姆。大姆是長房媳婦，她似乎比車上的大伯更懂得這家裡的事。她總是最會說故事的人，也掌握了說這一切故事的權利。

怎麼遇到另一邊的阿嬤？我想知道更多。

她說，另一邊阿嬤本來是來家裡幫傭洗衣服的，是恁阿公自己看上人家，把人家勾走的。先是帶去基隆，後來孩子一個個生出來，再搬回三重埔。——兩個人不見時，恁阿嬤就知道了，消息也都傳回來了。

阿公走後，他們兩人沒有再見面？

恁阿嬤不肯，只有恁阿伯去人家家裡，看桌上一條魚，就直接抓來吃。伊傻傻不知道，那是人家另一邊阿嬤留給自己兒子吃的。

結果呢？

恁阿伯被恁阿公打，又唾罵得要死。恁阿嬤知道了，就說再去吃，伊是恁老北，攏去吃！

我們聽了都笑起來。

山坡彎曲斜陡，車子行緩吃了點力。兩旁草木鬱鬱，路徑又小，這地方沒有人帶，我怎麼走得到？

我是應該來的。大姆和二伯都不知我返國，一天夜雨中遇見大伯，我把傘緣壓低，和他在路上擦肩而過。大伯都上八十歲的人，身體看去還頂實在，除了背微微駝，走路不僅不需手杖，腳步還邁得開來。

我想一個人來，又遲遲下不了案，正巧聽說要祭墳，母親問我去否？我卻答不要吧。母親說也好，因為你是基督徒，不拿香拜拜。其實不是這樣，好吧，也有一點點這個理由。

阿嬤生前最反對基督教，說吃教的人死後嘸人靠（哭弔）。但我知道，她絕不是個宗教人士，我想，她是個現實主義者。她相信錢，土地，房子。她相信一個人要有一個家，一個男人娶一個女人。她一生最後的信念，是死後有人為她哭弔。用一把一把眼淚送她離開人世。

而我是哭過的，在異國他鄉，每一次想她想得厲害的時候。

決定來看她是因為柿餅。祭墳前兩天，我在潮濕的台北街頭，遇見賣柿餅的一男子。他說，這是新鮮的北埔柿餅。我看著肉肥身圓的柿餅，有的表皮還結了一層粉白糖霜，心裡顫動了，眼淚差點撲簌流下。一盒一百三，兩盒兩百五，他說。我撫摸著柿餅盒子，說，給我兩盒吧。

阿嬤，是你在喚我了嗎？

阿嬤死時我不在，殯喪入土我都缺席，幾次返國在大姆家凝視她的遺像，也都沒有去上墳。這一過，十五年了。十五年給一個小男孩，他可以長成少年；給一個少年，他可以成為青年；給一個青年，他可以變成大叔。不，變成大伯。姪女們有的叫我大舅，有的叫我大伯了。

我買了柿餅，回到家隨即打電話給弟，說，周日我跟著去祭墳，來看阿嬤。這些年我不在，所有婚喪走動，家族議事，都由他代表。這家裡幸虧還有他，不然連一個出面的男人都沒有。我也告訴弟，我買了柿餅。

阿嬤最喜歡柿餅了。這個弟恐怕不知道。柿餅是阿嬤的私房甜點，只要有柿餅，她就留藏在自己房裡。我有時去看望她，她會悄悄地、也開心地給我一個柿餅，她是真歡喜我的。

海外中國城，每到秋末初冬，也引進大批柿子。生硬的柿子口感很澀，吃了麻嘴刷舌頭，等它一段時間，熟紅了，柔軟了，吃了就出汁甜嘴了。若再給它一段時間，受過日曬風吹捏壓烘薰，就有了柿餅。

柿餅吃在口裡軟Q，甜滋滋的。時間終會去掉它的苦澀，給以一分甜漿，但生命呢？生命到最後會是什麼呢？

車到了，停在路旁，另一邊是搭棚水泥屋，棚內傳來一陣喧鬧又五音八斜的K歌音響聲。從棚邊走下一段似有若無的小石坡路，約半分鐘，見右手第一座墳就是了。

跨進墓地倒是先見另一邊阿嬤的兒子們，我叫他們叔叔。叔叔們也來祭阿嬤的墳。

大姆說，這些叔叔出生報戶口，通通給放在阿嬤名下，算作阿嬤的孩子。這樣，他們才有了法定上的人的身分和權利。

都久違了，上次見面是上世紀的事了。和堂弟們握手，卻彼此不認識。跟叔叔嬸嬸打招呼，他們都說好久不見。然後，我轉身見到阿嬤的墓碑。墓碑後有一支黑石柱，像香檳杯，裡頭是一坏土，上面蓋著藹藹青草。據說阿嬤的骨都撿放在這坏土裡面。

將牲果糕餅水煮蛋擺放好，我拿出一盒柿餅，放在碑前。我說，阿嬤，這是您愛吃的柿餅。在卡拉OK的喇叭音響中，人們在交談，在三兩交談中等二伯那邊的人來。終於來了，二伯母一見我就輕責說，回來了也沒來看我，都不親。二伯母不知道，她是阿嬤以外，我最愛親近的。

人到齊了，就拈香上燭。三叔分香時才想起我是基督徒，就跳過。眾人攏過來，立在墓碑前，端香祭拜，各人口中有的念詞，有的默禱。血是什麼？在這些同一血脈的人中間，有明的漠視彼此，有暗的輕看對方，有來往密切的，有傲慢跋扈的，還有東西無戰事的。

一滴血，可以寫一部紅樓，染一場煙雲。

天沉沉，細雨點點。

香爐插滿了柱香，人就散開了。大姆擲筊，一擲即中，吉，便笑語：阿嬤今天很開心啊！有人剝了雞蛋，說吃了發旺；有人燒冥錢，火烈烈，紙灰飛；有人復又交談，多是家常話題。K歌者情緒正酣。

我仍站在那裡，凝望那一坏土。

土裡面阿嬤的髮還在嗎？我曾跪坐在床榻用梳子為她清洗過髮，綁了辮子，盤出髮髻。那一頭花白的髮我握在手上，想起她的一年一年，那般隱忍倔強，不服輸，到底也沒有贏。

土裡面阿嬤的血肉都不在了；那愛撫過我，照顧過我，牽引過我的一雙手，早已失去了溫度，也聞不到米漿的味道。那雙手一輩子跟天鬥，跟人鬥，跟自己鬥，拳握的終究是一口氣，放鬆了。

土裡面阿嬤的一身骨也解散了，這樣，就再也不會喊骨頭痛，沒有行走艱難的煩惱。勞苦重擔都沒有了，不必再支撐肉體的血氣和孤寂，不必再扛起內心的驕傲和脆弱。所有不堪都不必隱藏，不必承認。

阿嬤，你來成為我的阿嬤，我好幸福。是誰說的，原來幸福也流淚。

阿嬤，我知道你還要問我，結婚沒有？一個月賺多少錢？

阿嬤，我是平啊，為什麼你現在離我這樣近，又那麼遙遠？

阿嬤，我好想再看一看你，摸一摸你，帶你過馬路，陪你走一趟大稻埕的娘家。阿嬤，讓我再躺在你的懷裡，像一個嬰孩那樣，被你哄著睡著了。或者，讓我們一起坐在晨陽下，再等那賣豆花和碗粿的攤車來。

阿嬤，我在這裡。

你在哪裡？

他，去南島了嗎

他不見了。我都不知他長什麼樣，可我知道他不見了。我也不知他的真實姓名，但我知道，他消失了。我甚至不知道該去哪裡找他。

問谷歌吧，谷歌說他有一個部落格，記日常和讀書寫作，卻一篇文章也沒有了。又說他有一個google+，點入，封面那盞發光的銀行燈是我認得的，裡面仍有他的打卡紀錄，最新日期是二〇一三年二月（那是三年半以前了），在紐西蘭奧克蘭機場。此外所有文字、相片、影片，一概刪除。個人資料只保留性別，男。

他是執意成為網路海洋中的泡沫嗎？

虛幻的名字，虛幻的光屏，連看自己也是虛幻的嗎？

我加入臉書國的時間很短，貼文少，也低調，用的更不是本名。大頭照換了幾次，終於還是把真面目隱藏了，擺出一張風中少年的圖片。所謂臉友，很長時間只有一位，是女作家，我一直追隨她的文章和動態。社交媒體有種說法，稱我們這些不活動、不愛說話的人叫潛在水底下。

因著與出版社有聯繫，這兩年我的臉友數目，從個位數增加到十位數。漸漸地，我也從水底浮上來，貼幾篇圖文上去，果然有人來按讚。每收取一枚讚，我都收取一分開心，一分友誼。

這些臉友大多是早認識的，也有剛認識見過面的，少數是不知從何處來而被加進來的。他，就是這少數中的一個。

我不認識他，這裡就叫他Y吧，因為他註冊時所用的姓是「葉」（Yeh）。Y的貼文圖片很感性，我是反覆看了他所拍攝的圖片，心裡覺得喜悅，而接受他成為臉友。

紀錄中是我先私訊他，說很欣賞他的圖文，他的回覆是客氣的，淡淡的。約莫半個多月後，他看了一本書，私訊來詢問，且說喜歡。此後，我們的交談有了溫度。

水溫激起波紋。我也就知道，他喜歡有餘韻之物，喜歡率性，喜歡同時閱讀幾本書，不喜歡濃烈，不喜歡米國（美國）；大概過了而立之年，可能是一名職員，身材似乎是偉武的，負有舊傷。他讓我感受到，兩個網路中人也可能成為「朋友」。

什麼叫朋友？

虛擬世界改變了朋友的定義了嗎？

一個多月來，他上線的燈號沒了。找他，才知名字沒了，頭像也沒了，想是帳號關閉了。他，不是潛到水底下，沒有活動，而是決定消失。如沫如影，他走得乾乾淨淨，不給谷歌一絲追捕的機會。

最後私訊在四月，他好像有不順心的事，顯露工作上的疲態，想出去走走。去哪裡呢？他說紐西蘭南島有朋友。那麼，他去了南島了嗎？

他此刻在哪裡？

他都好嗎？

他有一天會回來，再向我打一聲招呼嗎？

竹蜻蜓的恬靜冥想

第一次到鹿港還是那年二月的事，只留了兩天，至今再也沒去過。牽繫我惦戀那地方的原因，是我的一位朋友出生在那裡，他的童年以及成長的故事，都繫於這個小鎮。最不能擺脫這事實的是他一口鹿港腔的台語，每每在悍強爽直的音調中，又勾繹起一種逗趣的柔軟來，而這足以使我覺得新奇。

他姓黃，在鹿港人的族群中，是一個龐大的姓氏。所謂「施黃許」，自清以來就相當聞名顯赫。我信他又是泉州人，鹿港百分之九十人口，祖籍都是泉州，一個古老興盛的貿易港口。

一七四六年，移民的浪潮正式從泉州渡海來到鹿港。

移民者接續先行者的開拓，決心攜眷渡海定居於此。這趟遷旅不過一葦之水，兩晝夜的航程，卻隱藏不測的命運。但他們並不喪膽，前仆後繼，依然用性命和決心，犧牲和祈禱，譜出一段渡黑水的「薪傳」精神，來到這個變動不拘的社會，一個與天鬥、與人鬥掙扎求生的環境。

終於，他們創造了全盛時期的鹿港，文化經濟鼎盛輝煌，成為全台第二大都市。尤其是海路貿易，每日有一百艘左右帆船進出，最大的甚至可達五百公噸，「鹿港飛帆」畫出一幅歷史盛景。

那一天，他載我到這裡。坐在「彰濱」海邊的沙壘上，面對湛湛水洋，像是在逼迫我們接受日後時空分隔的考驗。我脫卸鞋襪，撩起褲管，站在水中。風，呼颯而來，但不見大浪的翻搏。夕陽抹下一筆煙霞，這海峽，我望不斷對岸，卻在血脈的流裡振動著她所相傳給我的方塊文字。

晚風又起又落，正如鹿港的興盛與衰微。

就在這段興衰過度時期，發生了位於乾隆末年至咸豐年間台灣各地的分類械鬥事件。在這些移民的同胞之間，以宗族分、以會黨分，或以祖籍分、以地域分，一場接一場，盲目殘忍地上演殺戮相戕的悲劇。這是一段不能抹滅的慘幕，其實也正是人類愚騃自妄的一次劫難。司馬中原先生的小說《流星雨》，說的就是這段彰泉械鬥的故事，看得人以為漳泉子民，個個都是蠻騃而又血氣橫動，性格之倔猶如未化之民。

我的朋友，相處起來，多少也有一點橡皮糖般的倔強。相識的那一天，在台北的一場聚會，他映入人眼簾的印象，是可稱羨的儀表，透有貴族氣息；眼神裡，流出一脈的心地善良，又充足的溫柔敦厚。來到鹿港的第二天，我們走在擁擠的中山路，他談到他自己：「我媽說，小時候我很調皮，在家裡和兄弟玩，也許是玩過頭，我將一件花瓶弄破，知道闖了禍，我自動地跪下來等候處罰，過了一個下午，我媽回來一看，卻不忍心打我了……」是的，他的秉性憨直絕不是械鬥的瘋狂可以與之比擬，而是一種美德，上蒼所厚待給他的。二百年前的悲慘事件已經翳逝，新生命的覺悟也許來得太遲，但是時代的起承轉落之間，在繁華逐漸沒落之後，還是留下一條大街——不見天。

「這就是『不見天』嗎?!」今日的中山路正是當年的不見天。

十八、十九世紀，以「全台灣最長的商店街」引領風騷的「不見天」曾經因為氣候的困擾，在街道上方「加蓋」一連串的「亭子」，亭頂或平或斜，連綿不絕。名儒洪棄生形容它當時的情景，「樓閣萬象，街衢對峙，有亭翼然，亙二、三里，直如弦，平如砥，暑行不汗身，雨行不濡履」。後來，傳奇的不見天被迫在日本人的整建市區的計畫中，拆毀殆盡，現在所能供人憑懷的，只剩下一張灰白的照片。

我留有朋友一張照片，他戴藍色棒球帽，站在陽明山晴天崗草原的木板平台上，側臉避免正向面對鏡頭。照片是彩色的，但記憶是有顏色的嗎？記憶於我是委婉的，流轉在曲曲折折的心腸裡。

九曲巷，接著出現在我們眼前，小鎮風華的寧謐。走在九曲巷，談笑間，彷彿能穿越時空隧道，變成了他兒時的同伴。有別於都市風格的閩南風貌的生活空間一再迎面而來。腳底下的紅磚道鋪延向前，兩旁人家皆有雕飾的梳齒門，磚花窗、瓦花窗，一一古典別致。門裡清冷幽深的院子，被高聳的牆垣圍護著，伸出牆頭的楊桃樹的枝椏，分外姿態優雅。在十宜樓上方，可以看到一段「跑馬廊」，以及類似通風窗口的防禦措施——銃櫃和槍窗。昔日鹿港民生殷富，安置銃櫃和槍窗是為了射擊各地匪徒的覬覦。

「一首新詩一朵梅客鄉清影芳徘徊，綺窗花事何須問已把東風日日催，柏葉為銘梅花入頌」，門聯書法文體詞句自成一格，顯示鹿港在工商物化的激流中，仍然薈萃著文化風華。只是我的朋友身上，並沒有所謂的文化優越感，他有的全然是一片無自覺，也無自傲自卑。

他重友誼，有人託事，總是義不容辭，可是獨處時，他是軟弱的，沉默的，似乎在人際海洋的千帆航行中，不小心就要失去信仰的方向。他說他只想做一個平凡人，不貪圖名利，不追逐夢想，也不寄望未來。他的隨性自在，正像眼前御風而飛的竹蜻蜓，恁自旋轉。

「飛起來了！」我喊著。鹿港國小的天空，有午後積雨雲，風吹動得震震。

「我小學這裡畢業的。」他說。

「所以竹蜻蜓在你手中才飛得特別高。」

「會嗎？」他將竹蜻蜓還給我，笑著說：「我想起一件有趣的事，小學二年級的暑假，我從早玩到晚，一下子灌蟋蟀，一下子看野台戲，還去打棒球，就在龍山寺前面那塊空地上。暑假不都是有作業的嗎？開學前一天，我才發現簿子上一片空白，一個字都沒有寫。我很緊張，求我哥幫我寫，他不幫我還幸災樂禍，只好求我媽寫，一個晚上還是寫不完，只好去睡覺。可是躺在床上，又睡不下去，等大家都睡著以後，我又偷偷拿一個小手電筒，躲在棉被裡寫，一直寫。

「隔天早上到學校，我以為有很多人跟我一樣也沒寫作業，結果全班只有兩個。老師用竹條打我們的手，很痛，然後又叫我們拿兩張椅子，跪在教室外面走廊，繼續把作業寫完。跪在走廊上，想到幸好還有個人作伴，就不覺得那麼難看了，對不對？沒想到，他一下子就寫完了，真的，把我嚇一跳，我看他站起來回到教室，心想：啊，怎麼會這樣?!」

那天他說這故事時的笑容，靦腆中，有著童稚般的率真和燦爛。鹿港國小第五名畢業，省聯台中二中，進入中國文化大學。

「那個罰跪的教室在哪？」我又興奮，又好奇。

「在司令台那邊，現在已經被拆掉了。」

拆得掉教室卻拆不掉歷史的記載吧，百餘年前，這裡原是清代的「鹿港同知」的辦公所在，為總管北台灣山地事務及鹿港海防的大本營。

竹蜻蜓，飛旋而上；雲，愈積愈厚。

友誼，就像竹蜻蜓，要飛得高遠長久，必須兩片「翅膀」一起運作，誰也不能失掉誰，輕忽誰，或者與誰隔閡。竹蜻蜓撮動之間左右旋轉，奮力送揚，那破空升飛的姿勢，既不是相互纏綿，也不是彼此擺脫，而是無論升上墜下，成功失敗，飛去飛回，都一同度過，一同信託。

戲劇性興衰起落的鹿港，其間傳奇故事之多，難以數算；所存留下來的人文風情之美，如意樓、甕牆、一線天光的摸乳巷，也令人難忘。我離開鹿港，沒有拍取任何照片，送我的是一陣冷窣夜雨，而我帶走的是一盒龍睛酥，與這支綠色的竹蜻蜓。

看著這支從辜府官邸前買來的竹蜻蜓，在案前斜臥，我莫名地有一種坐看雲起時的恬靜思想。莫名地，還有一種鬱鬱的失落感。朋友，它現今許久沒有旋轉，全是因為我們相離得已經很長，很久了……

鹿港，也許是因你才增添得更為美麗吧。我這樣想。

卷四

親

親親

弟弟說，「親親」來的時候他九歲，走的時候他二十九歲。

親親是乍看之下好像狐狸的一隻狗。她是自己跑來我們家的，隻身羞澀地躲在餐桌角落，「啊，貓！」她起初被誤認為是貓。來的時候，確定是成人的年紀，之後的身材再也沒有長大過。而來的那一年，我們全家人也都還住在一起，父親健在，妹妹未嫁，我未出國，孩子們都小沒有分樓居住。聽住在二樓的房客說，這隻狗來過一次，見沒人在又走了，「我叫她，她還不理我呢！」不禁好奇，她為什麼執意要來我們家呢？兩次來去之間又到了哪裡？這附近從未見過這狗，也無人在探尋她。頂著一陣疑團，我們家就這樣多了一名成員，一個孩子們夢想不到的禮物。

我們叫她「親親」。在還沒有愛人，又不敢對父母兄弟表示親擁的時候（其實從來不敢），我們渴望親吻她，也渴望被她親舔。漸漸地，她的存在成為理所當然。她一口活物，吃喝拉撒睡，跟我們過一般人的日子。她以美麗的姿色以及發情時脹滿的氣味，曾被熱烈追求過，也有幾段公然做愛的歷史。那時，我們都怒笑她真是一隻不知恥的「畜牲」！

我們所以又怒又笑，是因為隨著她的分不開的情史，我們發現自己也正在長大。荷爾蒙的激動，使我們一天天在改變。我們在不得不承受的煎熬中懂得同情她的需要，也在不得不出面的時候干預她的需要。可幸她無怨恨。

我相信她也發覺我們身上的味道在改變，她敏感地嗅聞我們的身體，甚至剛剛用過的衛生紙。春去又春來，我們所經歷的一連串成長的過程，都跟別人沒有兩樣。我們怎麼熬過那段最激動的日子，其實連自己也不知道。在朦朧不定的歲月裡，弟弟是走得最偏離的一個。他的偏離，使我們驚駭；他的行徑，使我們束手無策。總之是一個太大的荒唐，叫我們忍不住怨天尤人。這時候，只有親親接納了他。親親搖著尾巴，帶著溫柔的眼神，走進他的世界。他面無表情，抱著親親溫暖的身體，也許也不明白自己如何會是這樣。

冬去又冬來，妹妹出嫁，父親過世，我在外工作，弟弟退伍，親親又生了幾窩小狗。弟弟陸戰隊退伍後改變了。他靠著結實的胳臂去學裝潢，刨木屑釘板牆搬運器材，下工回家來第一件事就是和親親追逐，吼叫，翻滾，一個制伏者，一個受伏者，然後擁抱親吻。他們兩個親膩在一塊，一同呼吸，一同吃飯，一同生活，比我們都有一種認定。早晨母親打掃屋所，發現親親依偎在弟弟的床上，常常搞不清楚，這到底是弟弟的床，還是親親的床？

任誰都看得出，他們心中對彼此的分量，都與日俱增。當親親一天天老去時，我出國了，妹妹生兩個小孩，而弟弟愈發英俊盛壯。他照顧她，他依靠她，而她也愛他。親親的愛中甚至生出了嫉妒，尤其不准別的女孩冒昧地來臥「他們」的床。我在電話那頭聽母親描述此事，直覺得好玩，「這老奶奶醋勁還真大！」回頭一想，我驚了一下，她確實夠大了。不刻意去想她的歲數，好像我們總覺得她會這樣陪著改變後的弟弟度過一生。然而她沒有。她在弟弟三十而立之前，留給她所親愛的一個必須獨自走去的年紀。

那個月我返國，春光淡淡的午後，我在家。醫生說她老了隨時有過世的可能。她走一走突地跌臥在地，許久不能吠吼的喉嚨嗚喚我，我直覺是時候了。我馬上電召弟弟，然後陪她說話，鼓勵她等弟弟回來。不幸地，她還是先走一步。她留給我弟弟入門前一個男子漢的嚎啕一聲，「親親啊！」其傷慟，連攝取的天使都要掩面。

而我是想起一個家那段共同有過的日子。

貓戀人

從來沒有見過這樣戀慕人的貓。

芒果，虎斑色母貓，一開始叫小黃。

「小黃！」獸醫詢問時，小妹脫口說出這個名字。

是再也不忍心了，「那一身枯瘦傷病的身體喔！」小妹心裡想，「再見到她，就是有緣了吧。」暮色微微，果又相見了，一個「喵」，一個也「喵」，意思都是，「等你一天了。」浩空無雲，卻有一種沉重的壓力，氣象局說颱風要來了，「風雨交殘，這貓怎麼辦？」小妹決定先帶她去醫院。

「太瘦弱了，一定要住院療養才行。」醫師說。

「你放心住院，身體要好起來哦！」小妹叮囑。

「喵。」小黃回答。

小黃的確小，在還沒有名字之前，不知怎麼流浪到這巷子來。她睡在汽車底盤下，或者機車腳墊上，無助的眼神有些哀憐，受了傷，找不到食物，似乎也羸弱的叫喚，「餓啊，餓啊！」據說她逗留在六號門前最久。（六號即我家，我家住二樓、三樓。三樓有母親、我、一室佛堂，二樓有小妹、小弟和五隻貓。）

又據說初次相見，她柔聲呼喚小妹：「慈悲的人啊，我在這裡。」小妹乍見，「怎麼瘦成這樣?!」於是取一根肉條餵她。小黃呼嚕著說：「太好吃了，謝謝你啊！」小妹原想就這樣盡了一點心意，不想，當夜她竟能下鑽門縫，進到這棟公寓裡來。母親每天夜未明即起，聽見門外有聲呼喚，開開一看，是小黃蹲坐在外，與母親相視一眼，好像說「找錯門了」，又爬下樓，失望而去。

颱風要來了，小妹出門時告訴自己，「再見到她，就是有緣了吧。」而千門萬戶中，她似乎就留守在我家門口；或因那一根肉條，或因前生未盡的緣分，她被放在紙箱中，載往獸醫院療養。

出院後如何安置，成了一個問題。聯繫收容所都已額滿，不能再收，那麼，是原地放生呢？還是領養回家？二樓已有五隻，貓家族不見得能容她，那置養在三樓吧，母親以貓會躍上佛堂撥弄祈物而嚴正拒絕。如今，只有放生一途了。但怎麼能忍心不聽、也不理她的日夜呼喚？怎麼能想像風飢寒、車犬相逼迫？

和老板商量後，小黃確定能留住在小妹的辦公室。砂盆、水皿、餐盒就位了，那時候起，小黃就叫做芒果。

這都是我返國前兩個月的事，芒果是只聞其名，未見其影——她完全在我的生活範圍之外。（事實上，我才剛送養一隻貓給人，傷感不已，難免在感情上開始保留。）一天，小妹要我下樓來幫忙拿東西，一看才知是一個大籠子，和裝在手提籠中的芒果。原來，芒果已復健到可以動結紮手術，手術後需要有人照顧。

芒果蹣跚走出箱子，第一印象還是瘦，大眼睛，翠白的珠子漾著清波；虎斑色，也以黃皮的果物命名。肚皮縫合處包裹紗布繃帶，上了頭套防撕舔傷口。或許身體不爽，芒果的小嘴上念念有詞，話一直說不停，不知在說什麼。

能聽懂的只有兩句，一是我不要留在籠子裡，一是我要找阿母。ㄚ嗚，諧音如阿母。「ㄚ嗚，ㄚ嗚……」是求訴，也是呼喚。

小妹晚上回二樓睡，芒果徹夜喊阿母；勸不聽，阻不止，母親和我一夜無眠。隔夜，我試著抱芒果來睡，她在我懷中躺下，肌膚相親，安然如一嬰孩，如一情人，使我莫名感動，心頭覺得甘甜。午夜，她起身，我以為是去廁所或吃食，不想又是蹲坐門前，「阿母，阿母，我想見你！阿母，阿母……」

思戀的渴望喊得心肺俱焚。那一刻，我們知道沒辦法了，小妹必須搬到三樓來，加鋪一張床墊，與母親同臥一室。啊，靜極了！芒果整夜無求訴，無呼喚，無夜遊，無動靜；

她抱著小妹的手睡著了。

芒果愛戀小妹，自是不可言喻；白天小妹上班，她竟也能依在母親身旁，陪著一同念佛或看電視。即或我邀她來午睡，她也欣然臥我胳肢窩下；我回報以愛撫，她則以歡快熱烈舔我，多好！

惟小妹回來後，一切恩愛都似煙塵飛去，她跟前跟後，眼裡不再有他物，口中喵啊喵，一句接一句，好像在說，「一天不見了，都去哪裡？想你呀，看到你高興，喜歡和你在一起喔！」眼前是貓與人的相見歡，又像是小雞對母雞的濡沫追隨。

繾綣情深。芒果因傷口癒合不全，又動第二次刀，多留家中一段時間，陪母親念坐，同我午睡；漸漸地，也不知不覺地，我又墜入情網，貪享與她共處的時光。（啊，多情應笑我！）然相聚有時，分離有時，芒果終將回到辦公室去。然而，我們都擔心、並不忍想像她夜晚獨處時的淒涼光景（我們也曾矛盾至極，再討論原地放生的事），因那裡宛如是一個黑牢。

一向不愛遊戲、不喜追獵的芒果，今後回到了辦公室（兩層樓，樓間隔紗門，小妹下樓少時，芒果死命衝破紗門，緊緊隨愛人去，片刻不能離），也只剩下了等待，獨處，求喚，相見歡，以及沙發上短暫甜蜜的共同午寐。往好處想，她的日子畢竟不像寶釧那樣的苦守。戀人們總是深知等待的苦與樂，而這對一隻貓來說，輕易地就能修成正果。

來了九隻貓

我妹妹三十歲，清麗甜美，未婚。她有九隻貓。

這些貓說來都是緣分。先是喵喵自己跑來，一來就當這裡是家，該睡就睡，該吃就吃，一雙眼睛凜凜有神，看我媽和我妹如下女，只准伺候牠，不准招惹牠。我媽和我妹說：「我佛慈悲，有緣就留下吧。」要叫什麼名呢？「隨便叫，就叫喵喵吧。」

喵喵來了一個月，竟生出四隻小貓，這可把大家嚇一跳，原來這是母貓，還懷了孕來。四隻小貓都可愛，三隻橘虎斑，一隻黑的夾點橘毛。喵喵細心照顧她的貓仔，一個個都活得好好的。這麼多貓怎麼辦？送人吧。送了兩隻，又都回籠，黑的那隻腳上還扎了傷。

「都養下來好了！」我妹動了憐憫心，要守護這些貓了。但這下子，可得認真給牠們取名字。我妹想，既是橘虎斑，就用黃色水果取名吧，所以一隻叫柳丁，一隻叫橘子，一隻叫Banana（香蕉，這也是我媽惟一會說的一句英語）；惟獨黑的那隻叫黑美人，因為她實在不算美。

又不久，巷中出現一隻小貓，平常都躲在車底下，又髒又瘦，也不肯與人親近，似是身心都遭遺棄了。凡見過牠的人，都為牠感到可憐又無奈。據說，是某個颱風來臨前的一晚，牠和我妹相遇了，兩雙眼睛交會後，牠輕輕叫一聲，「是你嗎？」（意思是：那要來救我脫離這悲慘世界的人是你嗎？）

我妹想起家裡有五隻貓，實在不能再養，就逕自出門去，心裡卻偷偷想：「回來時再見到你就好了。」傍晚，我妹回來了，才停好摩托車，牠就拖著一身瘦皮骨，出現在她面前。這時，我妹趕緊拿出貓肉條，一口一口餵給牠吃。心想：「每天都來給你餵食好嗎？」

不想，牠等不到明天，半夜就從大門下鑽進來了。我家住二樓、三樓。媽媽一個人伴著佛堂，住三樓；弟弟和妹妹各一間房，住二樓。五隻貓都安置在二樓。這貓爬到三樓，叫喚著。我媽一貫三、四點起來作早課，聽得叫喚聲，門一開，一隻臭貓；貓也吃一驚，「找錯門了」，就下去。一會兒，又上來，在二樓門口叫喚，我媽想：「又是來投緣的了！」

這又是一隻橘虎斑，所以叫芒果。芒果自己住三樓，因為她和喵喵水火不相容，眼神稍一接觸，恐怖的戰爭就爆發了。芒果住下後，才發覺極為神經質，例如：她特別愛洗刷自己，除了吃睡就是用舌頭使勁舔澡，我媽就說她：「洗澡像刷牆壁」；還有，她玩不得，一玩就氣得哇哇叫，一副壞脾氣的模樣，所以我媽又說：「改名叫水梨好了，比較清涼退火。」

我返鄉探親，終於見到這六隻貓。喵喵短尾巴，有時會給小孩們呼巴掌，所以極容易認的；黑美人是惟一的黑貓，也是容易認的。其他的我見了，常分不清誰是誰，但我妹妹卻是見也不見，光憑喵音，就知道誰是誰。我至今不明白她是怎麼辦到的。

這些貓惟一使她受擾的，是每天清晨五點，四個兄弟姊妹，都會整齊地坐在她房門口，大聲合唱「早飯頌」：從頌讚早晨的陽光，到泣訴自己的不幸，到數落人性的喪盡。聽來的確叫人不忍。但也有令人歡喜的場面，譬如，我妹在樓下叫黑美人，黑美人竟認得這聲音（或自己名字），立刻跳到陽台上，隔著欄窗回應她；能得一隻貓這樣心靈相通，羨煞多少人哪。

待我又去國，我妹來信說，又多了兩隻貓。是一日她在公司外的水溝邊遇見的；圍著這兩隻貓的剛放學的小朋友們，見到我妹，發現她眼波流動著惻隱心腸，都說：「阿姨，這兩隻貓咪都沒有媽媽，好可憐喔！」於是我妹徵求老闆同意，將牠們放養在辦公室裡。一隻叫鳳梨，一隻叫西瓜，都是青橄欖虎斑紋。

最後這隻是暹邏貓，牠叫奇異果，因為是從高速公路上搶救回來的。那天，我弟載我媽和我妹從宜蘭放生回台北，路上車流不順，下交流道時，突然見前頭一輛車，差點輾上一隻躥走的小物。我妹叫我弟，「快！去把他救上來。」我弟開車門，以極敏捷的身手，在車道上撲抱這小物，立刻又跑回來。我媽一看，說：「又是貓。」我妹則說：「牠的得生，真是奇異的恩典啊！」

九隻貓九段緣，緣生緣起，但與我妹結姻緣的人到底在哪裡呢？

想起阿強

過了吃晚飯時間，我妹還沒回來。我想理由有二：一是和朋友出去吃了，二是去洗頭髮，排隊過長了。「鈴——鈴」電話鈴響，是我妹，說請我帶兩樣東西給她，iPhone充電器和手電筒。

她在正義國小附近一處地面停車場。離家不遠，我循示找到她。我問你幹嘛？她說在等人來救一隻貓。

她定點在這裡餵貓有段時間了。據停車場警衛說，自從貓兒們受了照顧之後，毛色都明顯豐澤起來。果不然，一隻貓正躥過眼前躲進陰暗車盤底下，一瞬間的光影就證實了警衛所說的。

我妹說就是剛才見的那隻貓生了一窩小貓。

小貓呢？我問。

都斷乳了，我將牠們送去中途之家，剩下這一隻很不好抓，一來母貓特別保護牠，堅持不讓我靠近，二來牠也很會躲，你看牠現在就躲到鐵皮屋底下的隙縫，出不來，正哀哀呼叫。

現在怎麼辦？

我等人來救。已經透過臉書請求貓友協會支援，一下子就來了許多電話，有的說已把訊息再轉發出去，有的問現在情況，有的說能來幫忙，但他正在別處救別的貓，得等一個多小時才到。我就是怕手機沒電了，人找不到我，才請你帶充電器來。

你吃過飯了嗎？

還沒。

我沒想到我妹為了貓兒，連自己的飯食都暫時不顧了。一時心裡很憐惜她。又想起前幾天她說，有停車場附近的住戶抗議她餵貓，理由是這些貓把跳蚤帶到他們家裡去。除了抗議的，在別處還有威脅的，說是要用水柱把這些貓食沖走，甚至給牠們下藥毒死。

暗淡燈光下，我看她一個女孩子在這裡等待，實在是不行。就說，我來救吧。我妹聽了露出驚訝的喜色，可能驚比喜多一點，因為她的哥哥一向堪稱是一名文弱書生。

我打開手電筒，按她所指方向，來到鐵皮屋一隅。此隅有雜草蚊蟲，夜色之中可能還有見不著的蜘蛛或爬物。話已經說出來，不好收回，我只想快快完成任務，離開這叢詭祕的地方。

你聽到了嗎？牠正在叫。哦！母貓又來了。

不管母貓了，你說牠在哪裡？

鐵皮屋那一角，牠鑽在那裡面。

我撥開幾株雜草，用光一照，看到了。小貓被光所刺激，叫聲提高頻率；這是黃色警報。等到我伸手去抓牠，牠的叫聲就轉為希區考克的驚魂記，像遇到鬼剎一樣；這是紅色警報。此時牠受驚了，我們也嚇著了。只見牠更往裡躲，形勢愈加的難。我請我妹拿著手電筒，不管牠的叫聲會如何淒厲，決定來硬的，俯身一鼓作氣跟牠拚下去。捉出來了！毛茸茸的可愛小貓，叫聲轉為哀哀低鳴。趕緊將牠放進紙箱裡，封住，打氣孔。我吁了一口氣。

你有看到牠兩隻後腳瘸了嗎？

你說什麼？

牠先天殘障，生下來後腳都瘸了。

那牠怎麼跑給你捉？

是啊，牠就用兩隻前腳一撲一撲地跑。我往車子這邊堵，牠就往那邊跑；我往那邊堵，牠就往這邊跑。

將來怎麼辦？

不知道，先送去給獸醫看再說。

獸醫院在重陽橋下；毛雨中，她騎車風塵僕僕趕去。（診護費用由貓友們捐款共助。）待她回來時，雨下得大了。

隔兩天我妹說，她又捉到一隻母貓，帶她去醫院結紮才發現懷了孕，現在暫時寄養在一朋友家，等她生下孩子、哺完乳之後，再計劃結紮，原地放養（TNR）。

我問那隻小貓怎麼了？

醫生說牠非常堅強，只是腿確定是終身要瘸的，將來轉到中途之家，只盼望特別有愛心的人家來認養牠。

我想像一隻不能跳躍撲爪的貓，拖行著下半身，該怎麼度過牠的餘生呢？小貓若有名字，我想喚牠阿強。

我時常想起阿強；想起照見牠時的情景，想起牠在我手中的掙扎，與毛軟身體的溫暖觸感。我因著想起牠，就也想起那些在大街小巷定時定點餵食街貓的貓天使們。生命誠可貴。喜歡生命是值得頌揚的；喜歡生命的每一個故事，本身就是一首謳歌。

天祐阿強，天祐認養阿強的有緣人。

天祐所有的貓天使們。

寫給凱莉

親愛的凱莉：

提筆寫信給你，這個念想有好久了。

送走你之後，我只收過一張照片，此後再無音訊。這一別，七年半了吧，你好嗎？都說距離會叫記憶模糊，可我還記得你的臉，你的脾氣，你的體溫。都說時間可以治療一切傷痛，可我沒有。

你知道嗎，我前年在台灣出了一本書，那是我第一本書，裡面寫到了你。我足足給你寫了四篇文章，每一行都是你。我也為你寫了兩首詩；書中無別的詩，就這兩首。有評論者說，我在文字上的克制到了你那裡都潰敗了。我想把書寄給你，但我輾轉聽說你和法歷（Fuzzy）處不好，安（Ann）早已把你另置在她表妹家，是這樣嗎？

你，現在到底在哪裡？

你走了，什麼都帶走了，家裡還能見到你的地方，是沙發。你抓破的那把沙發搖椅，我還留著。不知情的朋友勸我丟了吧，又說送我一把新的，我說不，還要這把。我出門還能撫摸到你，是因著那只皮書包——是的，你又抓破了它。也有朋友見了那書包，誤會我藉此告窮，我說不，一點不是。

去年我行經大都會公園（Cleveland Metro Parks），特地再訪我們初見面之地，往日重現，既熟悉又陌生，還能回得去嗎？分別後我返台，再去伊斯坦堡，誰也想不到，伊城到處是你的同族。牠們或在街頭，或在公園，或在市場，或在水邊，或在山坡迎陽處，而我是一見牠們，就一隻隻捕捉到鏡頭裡來。那裡的人不知道，連同後來與我同去以弗所和安那托利亞高原的旅伴們也不知道，我之所以熱衷於攝貓，全是因我失去了你。

你試著找我嗎？你不會，你已有一個新家。可我每每看到新聞或影片，知道有人虐貓殺犬，知道有狗忠貞等候遺棄牠的主人，或知道有失喪的落魄的病殘的貓冬夜裡得不到一絲溫暖，心就擰絞著，痛著。而知道有狗千里跋涉重回主人懷抱，有貓終於尋到一個安身無虞之處，有一個生靈獲得一份生命的尊重，就覺得心窩發燙，熱流湧上眼眶。

你，還活著嗎？

算來你有十歲半了，老貓一隻囉。還跳得高嗎？還吃得香嗎？玩心還不受拘束嗎？你該知道，後來我又回到美國，又收養了一隻貓，她叫阿妹。一年多前，我們也從湖木市的湖景房搬來到一棟房子。我跟阿妹提過你，說你的好，可她不在乎，她知道我是完全屬於她的。

凱莉，我平生沒有送過一位親人離去；阿嬤過世時，我人在加拿大，而父親更是一個人猝逝於外。我惟有送過你。你給我的兩年半，你給我的生別離，是我今生永誌的一筆。

Hello, it's me, I was wondering
If after all these years you'd like to meet to go over everything
（哈囉，是我，
我總在想，這麼多年了
你是否願意來看我們所走過的一切）

愛黛兒一句 hello，我腦海中浮現的是你。哈囉，你好嗎？我希望你一切都好。好想見一見你，再抱一抱你，即使你再也不認我了。哈囉，你在嗎？我不知道你有沒有愛過我，那沒關係，我知道我是愛你的。

深深愛過。

為誰而哽咽

閒懶幾天在家，初時覺得輕鬆，不久覺得安逸，後來就不得不承認真是渾渾噩噩度日子。人家畢飛宇是寫了一部《造日子》，講貧瘠年代對生活的瘋狂創造，而咱們卻任日子荒蕪，雜草生煙，陰氣森森。

跟我同住的，還有一隻貓。這貓是母的，她自從來我家後，都不出門，像老佛爺整天被供養著。平時她就閒懶，不是吃，就是睡。對我不理不睬，供飯時間到了才對我批呸叫，頤指氣使，飯不入口絕不罷休。等飽飯了，她就賞我一點溫柔，偶爾也給我一分甜膩。她是一個真正意義上的無所事事的人——好吧，貓。

可是今天我氣憤了，我跟她說，你這一生就這樣了嗎？我的意思是，你到底想過人生的意義是什麼嗎？

說真的，無所事事、渾渾噩噩的日子還是頂折磨人的。人嘛，總要做點什麼，一個整日吃睡的人，跟一棵植物有什麼差別？

貓，名叫阿妹。

阿妹看著我，一直喵喵叫，我說你講什麼，我聽不懂。我想她是在抗議。翻譯成人話，好像是說：你給我聽好，我也是在外面走混過的，知道這世道危機四伏，處處是弱肉強食，欺善怕惡。不然，你以為我這條尾巴是怎麼瘸的？我自戕拔毛的精神焦慮是怎麼來的？人生的意義，我告訴你，活著就是硬道理。說人生，你自己算算，我可比你活得還長！

她又說：是的，我今天是安生了，但這一切不是你造成的嗎？你說你愛我，這不是我強迫的；你說你要照顧我一輩子，更不是我脅迫來的。你家裡沒老鼠、蟑螂、壁虎，你要我做什麼？說起來辛酸，我不就是陪你睡，給你隨便摸，隨便揉，隨便抱嗎？你說我是老佛爺，請告訴我，有我這等沒尊嚴的老佛爺嗎？

她還說：你的家給我安生，可是戶外給我刺激；你的愛心給我飽足，可是大自然給我勇敢、毅力和靈感。若說殘忍凶惡，有比你們人類更壞的嗎？你看你們是怎麼虐殺我的同族，甚至虐殺百般守護你們的犬友。你們說變就變，說棄養就棄養，你的《聖經》上不是寫「人心比萬物都詭詐」嗎？說到底，我逃得出你的手嗎？我有真正的自由意志來決定自己的人生嗎？

我從沒想過阿妹會這樣對我說話，一時啞然語塞。的確，有件事我想過，若我是貓，我會選擇留在家裡，還是出去生活？留在家裡，安定安穩，可是活得不像我，心性束縛

太大；出去生活，意謂著失去蔽護，生死茫茫，卻是海闊天空，可以盡情地活出自己。

我沒有答案。

進與退皆俱得失，難決斷，一思量，就卡住了。

我知道阿妹說得沒錯，可我也知道，一個人的人生比一隻貓的貓生要艱難得多。甚至可以說，做貓若是難的，做人就更難了。那些發生在貓身上的矛盾，人都有，而且更為複雜。

貓不知道蘇格拉底何以有那麼多問題，不知道宗教信仰何以引起數千年的戰爭衝突，不知道婚姻平權的道路何以走得那麼艱辛。貓也不知道一個國籍何以叫人哭叫人笑叫人滄桑，不知道一張鈔票何以那麼薄那麼尊貴那麼汙穢，不知道一首詩或一幅畫何以藏著一顆心一個啟示一個解不開的祕密。即或我家書目不少，她看了也不能理解何以一個人可以那麼偽善，何以一部《資治通鑑》一再重演，何以一份權力會叫人徹底的腐化。

自卑與自大同生，踐踏別人也踐踏了自己，義正嚴辭的唾沫滋長嘲諷的細菌，驕傲自恃的否決卻被極溫柔的臉包裝起來，一派純真的世故和一再被解釋的謊言。事實之外還有一個真相。人際關係糾葛不休。假就是真，真就是假。也沒有全部的真，也沒有全部的假。

不想活那麼累，承認了不快樂，但一個人怎麼活？

貓也會覺得孤單寂寞嗎？我不知道。

我問她，她坐窗前轉頭看我，沒有回答。

她時常坐在門邊窗前，看風吹落葉，聽麻雀在嘈切。我知道，她也看人來人往，其中最注意的就是我。有時我晚歸，她一見我，當然就碎碎念，從頭批評到尾；有時明明給她吃過晚飯，安頓了之後，再出去一趟回來，也看她坐在窗前喚我，回應我。

是等我嗎？

她會等我嗎？是因寂寞而等我？還是因思念而等我？

每次聽聞忠犬八公的事蹟，我就糾心不已，前幾日從臉書上見了他的樣貌，竟忍不住淚流滿面。是什麼樣的情緣啊！換作是貓，我想她絕不會如此。我們在一起七年，我太了解她。她是現實的，然而，這樣的現實又有什麼錯呢？她是自私的，但是，這樣的自私不也是合乎人性的嗎？

一個再自私的人也有心痛的時候吧。愛戀不得，或得了又失，總會心痛。心痛的人多有一張愁容，像八公苦等不到主人的那張愁容。而這貓，她不曾叫春，她對愛情的渴望遠遠低於我的想像。她是要一生守貞嗎？還是她只愛戀我？她明白什麼是愛嗎？我在她心中是什麼分量？

愛，對一個人來說，有時候就是全部。愛如潮水，我相信有一個人可以思念，或被一個人思念，都是好的。

永恆是什麼？

生命的抉擇是什麼？

我把貓抱入懷中，親吻她，不知怎麼，我吻著吻著卻哽咽了。

提姆在寧海

「癸丑之三月晦，自寧海出西門。雲散日朗，人意山光，俱有喜態。」《徐霞客遊記》開篇第一句話，說了一個地名，寧海。

吳是寧海人；我自美國飛上海，自上海飛三亞，自海口飛寧波，自寧波搭車來寧海，是吳來接我住他家。他不說話，面無表情，一副不願交流的模樣。是生性嚴肅，還是心裡有事，正煩悶？總不是怕生的，因已過五十，事業有成，見了世面，跟人打過交道的。

癸丑，當值公元一六一三年，徐霞客自寧海起行，向天台山遊去，「雨後新霽，泉聲山色，往復創變，翠叢中山鵑映發，令人攀歷忘苦。」（〈遊天台山日記〉）四百年後，我透過吳才知道，寧海人是可以驕傲的，他們有山有海，他們有徐霞客，有潘天壽，有方孝孺。

從中學國文課記得了方孝孺，卻記不得他是寧海人。都說寧海是小縣城，可中國千年歷史，自是遍地風流人物。方，時人稱「緱城先生」，亦稱「正學先生」。吳的妻告訴我，寧海別名緱城。

車行城中，有路叫正學路。

我此行是來參加聚會。聚會處逐山坡而建，四層高，離吳家開車十分鐘。入院門後，有兩道梯可上樓，一從正廳，一從側邊。側邊樓梯屬室外，順坡一小塊草地，有一兒童鞦韆架，有一鐵籠繫一隻大白狗。我多從側邊出入會場。

大白狗見人就叫。

大白狗長得頂好看，可是毛色無光澤，白又不白，甚至是髒了；又同時，牠的叫聲明顯不具敵意，而是熱烈招呼，是願意與人溝通親近的。畢竟體型太大了，又初相見，我難免怕牠。

怕牠失控咬我，怕牠身上爪底下的骯髒。

散會後，見一人摸牠，我也走向前，摸牠。牠與我親。牠的長毛和爪蹄下的汙泥（汙泥中該有牠的穢物）都沾我大衣上。我知道，牠渴望與人這樣親近。牠的內心是相信人的。

一天聚會兩場，我打側梯來回走過，見大白狗四次。有時我出來上廁所，來回又見兩次。見牠，就不免摸牠，就看見食皿只裝了像泔水的白米飯。連個水皿也沒有，我心想。

吳是幹實事的人，南人北相，木匠出身。到他家以後，才知他不擅言詞，為人是熱心的。先是擺一桌宴席請我們，飯後又給我們喝好茶。一飯一茶，先前對他的觀感就都不一樣了。

問他白狗的事，他說是周長老家養的。那白狗從小由周的兒子買來養的，名種狗，一開始疼愛得不得了，後來不知是玩膩了，還是工作後忙了，就疏於照顧，幾乎放手不管了。

我聽了心裡糾了一會。

周的兒子我見過，二十來歲，心性還浮，新近有喜訊，說是交了女友。一直沒有機會再見周的兒子，不然我想請求他，多看看那隻狗。

狗是認定人的，世間千萬物種，也只有狗是這樣。

一晚，吳陪我去散步，他家旁邊就有公園。他說是潘天壽公園。潘是中國知名畫家，作品價值不菲。公園有潘的雕塑像，氣質練達自在，胸中一片丘壑自然境界。園中石壁有他的拓畫，果然好手筆！評論家說：他的畫讓人感到震動，洋溢著生活的情采和趣味，勃發著精神的張力和豪氣。落筆大膽，點染細心。墨彩縱橫交錯，構圖清新蒼秀，氣勢磅礴，趣韻無窮。每作必有奇局，結構險中求平衡，形能精簡而意遠。

夜晚了，又是很冷的二月，公園裡人少，只有一群青少年在播放音樂，在玩滑輪，在閒談看手機。都穿學校運動服，看去就像社團聚集，又像青春作夥消遣，不知歸返。

知道狗的境遇後，我愈發同情牠，在吳家吃飯時，留下一些骨頭想給牠。吳見我對狗上了心，委婉提醒我，狗是有狗糧的。吳的妻乾脆說了，這裡的人是吃狗的，狗肉香哩。

我聽了吃了一驚。

早先聽過一件事，幾年前，他們見我的老師來訪，為表歡迎，把家裡一隻狗殺了烹了上桌。老師知道那是狗肉，一口不吃。他們解釋，這裡家中生了小狗，留下一隻，其餘都養來吃，不培養感情。

殺的狗原來是吳的狗，殺狗的人也是吳。

吳的妻又說，有一次殺狗，把頭都敲碎了，竟然沒死，哀嚎跑了出去，吳還去把牠抓回來，繼續殺。

我幾乎想跪地哭一場。

吳不知道，人可以不帶感情，狗不行。給狗一頓飯，牠是會生感情的，一食之後，牠的心就掛在你身上，愛你盼你相信你忠誠於你。牠怎麼也不會懂，那落在牠頭顱上的，不僅是棒棍，更是一把刀。牠看著那把嗜血的刀，必定懵了，恐慌了，此外還有什麼？

我簡直不能信，吳是殺狗的劊子手。

非要吃狗肉嗎？

這問題怎麼問，怎麼答？若有人說，這是當地的文化風俗，這樣，我能再說什麼？我能反對嗎？我能不尊重嗎？

不多年前，我看一部鬥牛士電影《真實時刻》（*The Moment of Truth*），影片血淋淋拍攝一場鬥牛賽。牛奔出欄與人鬥——不，與人的刀劍鬥，與人的野性和智勇和傲美的肢體律動鬥，血戰力竭而死。滿場觀眾激動喝采。血牛臥倒了，被人拖出場，據說終是宰殺成了人的盤中飧。

吃牛可以嗎？

殘忍！我從沒有一刻下過決心，再也不吃肉了。如母親結齋二十年，如朋友順從他的孩子從小成為一名素食者。可我，失敗了。我吃了肉，也吃了牛。不是沒有看過牛動情，知道牛也流眼淚，我還是吃了牛。

吃狗不行，吃牛就可以嗎？

吃哭泣的牛不行，吃溫馴不反抗的羊就可以嗎？

我被自己的詰問困住了。

人啊，身為食物鏈最頂端的人，主宰了各類動植物的生命，卻真的知道什麼是生命嗎？怎麼做一個主宰者？誰是主宰？

下雨了，冬雨說來就來，說停也停了。陽光撥雲灑開，吳領我來徐霞客大道，大道與秀麗青山溪水平行，風景燦亮清爽。道上有涼亭，有綻露春消息的梅樹，有拉二胡的樂手，有飯店別墅，也有整齊平排公寓。

徐霞客攜童子的高大雕像立於道旁；仰頭看徐，面目俊朗，精神爍爍，他放眼山水，一場千古的壯遊從足下起始，一本別開生面的遊記從此留下。寧海人多少沾了他的光。

天氣終究濕冷。大白狗的鐵籠幸好有遮棚。牠似乎認得我了，每當我一出現，即或牠坐在籠裡，也會立即走出來，跳著叫著轉著圈喊我。我不知該不該再靠近牠，一來因雨牠腳下的泥更汙穢了；二來有了感情，一旦我走了，彼此產生了思念怎麼辦？

我拗不過牠的熱情，走近牠。牠站起來，用兩隻腳抱住我。每一次牠都這樣抱住我。

半夜我病了，上吐下瀉，隔天吳說看診去吧，不然怎麼上路？

細雨中，穿過市場馬路，走進人聲嘈雜、秩序紊亂的縣醫院。第一次在中國掛門診（也是第一次在中國過農曆年；猶記年三十，我在三亞的五指山，滿山遍野的鞭炮聲，轟得瘋狂，轟得迴聲迴響，轟得如烽火連天，彼時我只擔心林中小動物，想必有不少都嚇死了。初一早，鞭炮又響，間聞鳥聲，見野放的雞仍在啄食），醫師問診，先用寧海話（寧海話被市井閒聊的大媽一講，好像在說韓語），知我外地人，就用普通話。

躺病床，吊一瓶食鹽水，一瓶消炎水。

吳問我想吃什麼，我說水果，新疆香梨。他果然買了梨來，還為我削皮。我看那隻為我削果皮的手，是那麼溫柔，那麼充滿關懷。誰說殺狗烹狗的手一定凶暴無情？

聚會結束，打理好行李，我就要走了。我本不想去看狗的（是狗撲沾我身上的泥使我致病？），卻抑制不住自己，再登梯上去。大白狗見我，眼神流轉，牠是在盼我呢。又抱上來，我摸牠，跟牠告別。

一紅衣小女孩來，見狗抱我，就喚牠，提姆。

狗有名字，提姆。

提姆在寧海，牠好嗎？

尋浪啊

大胖子今早沒來吃飯，我心裡暗喜，這樣就不會爭食了。大胖子體型粗，食量大，霸氣十足，吃完自己的飯，立馬去搶食別人的。我對大胖子的印象不好。只是，他一餐不來，兩餐不來，我倒開始擔心了。

晚餐按例是五、六點，今晚皮皮也沒有出現。

大胖子和皮皮為什麼相繼失蹤？

皮皮一身長毛，灰灰瘦瘦小小的，一日出現在後院水泥地上。我見了歡喜，脫口給他喊了名字，皮皮。皮皮用迷人而渴望的眼神往屋裡看，明顯地告訴我，他在等待。他在等待什麼呢？我又沒掛餐館招牌，也沒發卡請人來吃飯，他於我能有什麼等待呢？不過相逢有緣，就招待他一餐吧。

混合了罐頭和乾糧遞上，他本能躲開了，但我卻見到他碧玉般清澈的眼睛，好看極了。我進屋去，他就回頭來，把飯吃得滋滋津津的。「他該不會就此把這裡當作定食餐館了吧？」我心想。果不然，皮皮只要想吃飯時，就來了。這裡不僅是定食餐館，更像他的私人廚房了。

過兩天，另一隻躥過來，灰毛白頸腹，流線型身子，手腳敏捷如閃電，他叫閃電俠。閃電俠也看著我，說：要吃飯。

好吧，一起請了。

結果呢，在浪貓們的眼中，我家後院真的成了定食餐館。我請了一隻，結果來了兩隻；請了兩隻，結果來了三隻；請了三隻，結果來了四隻。（加上前廊早有一隻，共五隻。）我以為是皮皮替我做了廣告，事實發現，皮皮爭食不過他們，尤其有一頭大隻仔，簡直是食霸。

那頭大隻仔，就是大胖子。

大胖子和皮皮去哪裡了？他們固定來吃飯，已經十多天了，逐漸與我相近，甚至當我端出食皿的時候，還願意跟我說話。有時候他們歡喜地說開飯了，更多時候是責備我怠慢了，下次不可這樣。

大胖子兩餐沒來，皮皮一餐沒來，這是怎麼回事？我站在落地窗前望著後院，浮雲隨風，草木搖擺，許多念頭來了一個，又一個。死了？回想昨夜裡聽到貓的淒厲叫聲，是誰呢？莫非他們看大胖子不順眼，聯手把他剷除了？還是大胖子遇到比他更大隻的，好比說，浣熊、浪犬、黃鼠狼，一言不和，打起架來，負傷隱蔽起來？

春夏之交，其實大胖子是個女的，懷孕了，所以跑去生產了？我的鄰居丹尼說，過兩周說不定她帶著四個孩子來託你餵養呢？想起後院將有八隻浪貓，我拚命說不不不。

天氣好，夕陽落得晚，我決定去散步。搬到新家兩個月，我還沒有好好走訪街廓四周，應該去走走的。我一邊走，一邊任風拂面，一邊尋貓。我從許多人家的前院走過，草地青青，屋舍潔明，都是殷勤整理庭院的人。我相信這些人家中，一定也有樂意給大胖子一頓好吃的，因為比我做得更好吃，所以把皮皮也介紹了去。那也好，但至少得見到他們的身影，知道他們過得富泰。

走了一遭，一隻浪貓都沒有見著。我也留意了街道，有沒有被車輾斃、橫屍躺著的大胖子，或者皮皮？也沒有。那麼，其實他們是走失的，或者跑出來度假的，現在已經回家了？又或者，有人見他們長相可愛，邀請他們進到屋子裡去，再也不用出來當浪者了？

我擴大範圍，又走了一圈。這次見到一隻，他是跑到我前廊來吃飯的。前屋主說有貓每晚來巡，所以睡前我總在門外放一把食料，一杯水，謝謝他的「照顧」。早晨去看，空皿，果然有食者。一日我放了食料，才關門，就聽見有響聲，是碰食皿的聲音，我撥開百葉窗一看，是隻白底褐色塊的。就這樣照了「面」，被我記得了。此刻，他正安然躺在一戶人家前院的車道上，梳洗自己。他的臉半白半褐，又醜又美。

日頭低了，夜要宣臨了，再走一圈吧。這圈除了「褐白郎君」，還見到一隻在某處人家的後院。定睛看了半分鐘，不是大胖子，也不是皮皮。正是野兔繁殖生長的季節，傍晚時分，一隻隻蹦蹦跳跳，眼前就有三隻。哎呀！我知道了，大胖子一定是有野味吃了，所以嫌棄了我的菜飯。皮皮大概也打到一隻，吃撐了肚皮。他們本來就是獵人。那些住在屋裡的，在他們看來，恐怕都是背叛了自己的本性。

走了三圈，我想是找不到了，就回家吧。說不定他們回來了，已經在後院等我，準備說我一頓。落地窗外，後院地上，無一隻影。心落了空，又想起另一個徘徊了些時候的念頭，就是被尼爾毒殺了。尼爾也是我的鄰居，他一再跟我說，他不喜歡貓。他屋裡有狗，我屋裡有貓，他說：「對於你有貓這件事，我覺得很抱歉。」

「你不喜歡貓？」我說。

「是的。」

「為什麼？」

他聳聳肩，說不出來，也不需要說出來。

最壞的念頭，的確是被尼爾殺了（新聞上不是有所見的嗎？），先是大胖子誤入他家後院，再是皮皮，於是先後遇害。我向尼爾的後院看去，像有一個捕獸籠，仔細再看，真的是捕獸籠，只是空的。

我轉頭問我家虎斑妹仔：「你想，他們平安否？」

過了一天，後院花圃中見到一雙眼睛，虎臉，身形粗大，是大胖子！「歡迎回來，」我喚他，向他招手。同一天，皮皮也出現了，身上無傷，只是一隻耳尖被剪去一截。

這被剪的一截是原本就有的嗎？

若不是，那麼皮皮消失的那一天，是被有心人帶去TNR（Trap Neuter Return，捉捕，絕育，放回原地）了，是不是？但願如此。

平安真好。

開飯了，客官們！

卷五

軍

尤加利樹的早晨

葉縫間晨曦閃動，又溫柔地灑潑在我們臉上。微風輕拂，一些半黃半綠的葉子，便飄然落地。

空氣中傳動點名聲：「許浩毅。」「有！」「邵文豪。」「有！」……

「春天生機蓬勃，為什麼還掉這些葉子？」唱國歌的時候，我心裡頭這樣想。

綽號「無尾熊」的小鍾幫我找到一支釘耙，說用餐前要把集合場周圍的樹葉掃乾淨。

我把剛才的問題問葉，葉說因為它們在「思春」。

思春？

「像我一直掉頭髮，就是每天在思春。」

營舍前的木麻黃，和集合場上的尤加利樹，似乎彼此在競高，不知幾個寒暑？而樹底下，每年耙掃落葉的人，一樣在新陳代謝；老的去了，新的來了。像我初至雙連坡，時秋漸冬，一隻菜鳥瑟立在尤加利樹前的馬路上，眼睛裡有「綠色」的恐懼，心中隨著落葉飄旋顫抖。

營部連在跑步，是陳明燦測新兵的五千公尺；我也想跑，跟清新的芬多精在血液中活動起來，流一身汗，再做深呼吸，向東方皙白的日頭宣告一天開始。前陣子，我們也每天跑，指揮官和幕僚也跑，圍著操場，人影和樹影晃動，答數聲整齊高亢。頭上白雲翩翩。

只有小胖，有時候我看了他跑了兩圈後，就自動「游」出隊伍，獨自慢步，不再跟跑。那也難怪，他拖著相當沉重的身軀，心臟怎堪負荷？但主要原因，我想是漸漸成為一隻老鳥了。

記得在崎頂新訓中心時，我問其生五千公尺怎能在幹訓班跑第一名，他告訴我：「意志。」哦！意志，多寶貴又平實的一句話。

雙連坡比崎頂氣候乾爽一點，繁忙也多一點，朱柏廬的治家格言說：「黎明即起，灑掃庭除。」無疑地，軍人把這句話奉行得最徹底。這次阿旺分配我掃葉子，算是幸運的，剛到部的賴振偉和蘇郁席，就去倒垃圾。處理垃圾，得先從凌亂骯髒的雜物中做鐵鋁罐的分類，不這樣的話，打包好的垃圾送出大門口時，一定通不過冷峻的哨長的檢視，拖回來重弄。

至於掃廁所，那是件吃力不討好的工作。葉曾經教我要刷重點，再買一瓶明星花露水，灑幾滴，就絕對沒有人會挑剔。而打飯班總要準時去抬飯菜，為長官和大夥預備一餐的供應。

《擊壤歌》載道：「日出而作，日入而息，鑿井而飲，耕田而食，帝力於我何有哉？」這儼然也是軍營的側寫，只是沒有這般沖夷自足的態度。

為了耙掃這些落葉，卻連同草皮也刮破了，多麼無情，但用這樣的掃具真的很容易聚攏散落的樹葉，然後以竹掃把收拾起來。

陳明燦在我們集合場上集合部隊，做呼吸調勻，再將部隊帶回去。我站一旁感到他們一股汗氣，擴沖出來，那也是一股朝氣，有著健拔的活力，彷彿春光要飛揚起來。播音室正透過喇叭放一首《Forever Young》，吉他配樂流暢，而林木間的白頭翁和蟬兒，也共鳴出自然界的早晨之歌，清澈婉轉。抬頭一望，月盤在另一棵尤加利樹的梢上淡入藍天，消化如水了。

電腦兵姓沈，他看錶，蹙起眉頭，叫喊：「打飯班還不快去打飯，再慢慢來！」吃飯了，我期盼今早能有一碗香濃的豆漿，一顆Q軟的饅頭，半熟的荷包蛋，和一小匙的魚乾花生。

六點五十分，衛兵吹哨，所有打掃人員將工作結束。匆匆，我把成堆落葉散枝裝進垃圾袋，放回釘耙，踩過受傷的草地，跑到寢室取出碗筷，入列等候進餐廳。那耀眼的金黃色陽光，已把我們鋪染成炤亮的「綠人」。

浩毅轉身對我說：「很美麗的早晨。」

「嗯，而且寧靜如夢。」我說。

「夢中有一片葉子嗎？」原來是我的衣服上沾了一片樹葉，我拿下來，嗅一下，聞不出學問，倒有一息清苦的刺鼻，沁入腦門。倏忽我笑說：「無尾熊，送你一份早餐，尤加利樹。」

三個朋友

我所在的駐地有一個戰車營，精實急猛，因著體制上的調整，必須移防他處，加強訓練。凌晨時刻，他們待命機動，一排車輛整齊有序地把人員和物資送出營去，靜靜地別了這裡的群樹和飛霧。我躺在床上，不能闔眼，幾乎感到失落。

失落，是因為這次移防也帶走了我的朋友。彷佛，每年六、七月，鳳凰花開，校園驪歌奏起，這島上的空氣便凝聚了濃濃離別的情緒，有人哭紅了眼，有人相擁互道珍重，也有人揮揮衣袖，瀟灑如鴻逸去。聚散無常，同樣也適用給部隊生活。

我想起三個剛認識不久的朋友，李、陳和霍。

李是一位預官輔導長，逢甲大學化研所畢業，他沒有一般軍官的架子，長得像鄰家大哥，所以平易近人；門牙微突，談笑風生，無人不能與之健談。他輔導士官兵的感情問題、休假問題、軍紀問題，甚至個人衛生問題，是在亦莊亦諧之中。他珍惜他的士兵，與他們同憂同樂。在他那不到二坪的小房間，總是門庭若市，常見溫馨的畫面。

我與他有業務上來往，每週三晚上，總會去探訪他，問他莒光日預備妥否，也聽他講述這周發生的趣事。我只要坐在躺椅上，聽他口若懸河，聽他令人舒適的語調升降，不知不覺中，一天的疲勞和壓力就卸下了。我覺得他好像那位在日本很出名的梅子老師[1]，沉著、樂觀，而且具有白雪般覆蓋一片大地的包容性。

陳是保修組的下士班長，台南永康人。我們相遇在五月的演習，他帶一班勤務隊到我們連上來支援，因著負有帶隊外出的責任，他分外認真嚴厲，時而見他對士兵們出言威嚇，又時而見他們相處自若，和樂融融。我跟他同坐在一部卡車上，發現這位發號施令的班長，皮膚黝黑，語言夾有南部口音的爽直，濃厚的眉宇間，流露純樸氣質。

我們未曾真正說過話，直到初夏六月，我才決定帶一瓶飲料去邀請他做我的朋友。那日中午，艷陽照頭，風也習習，我們席地侃侃而談，從此有了交集。那是一次難得的交集，互動間有一份坦然和尊重，正如徐志摩說的：「得之，我幸；不得，我命，如此而已！」

1 桝木梅子（一八九二—一九九三），於日本山形縣小國町基督教獨立學園任教，擔任書法指導老師，風骨與精神深受學生、同事與鄰里喜愛。一九八四年，其由佐佐木征夫執導的採訪紀錄片《寒雪中的家園》播出後，深受日本觀眾喜愛。（資料來源：《梅子老師的愛與夢》，佐佐木征夫著，台灣先智出版）

人說他又土又俗，我卻在他樸實無華的臉上，看見一幕幕的台灣：那是四〇年代胼手胝足的《補破網》，是五〇年代掙扎奮鬥的《燒肉粽》，也是六〇年代經濟發展後的《鹿港小鎮》。他彷彿是一位民謠歌者，唱著《薪傳》，述說土地和生命的淵遠流長。

霍也是下士班長，祖籍河北，學的是機械，我對他感興趣先是因為他的單名。他的名與字分開來看，合起來唸，皆抑揚優美。他在二級廠工作，天天接觸輪車，所以他談話的時候隨手掐出的比喻全是車子。對他來說，任何抽象的思想，都可以具體化在機械的每一部分裡。

一次他指著一個剛拔下來的輪胎，告訴我，拔輪胎一定要按部就班照程序做，任何一個步驟省略了，東西便下不來，不像文字工作者，可以將詞語自由重組，隨性運用。又說，在部隊裡做事，應該循常理，一切照規定，這樣才能有紀律，總不能愛怎麼想就怎麼做，尤其是領導統御，絕不能情緒化，感情用事。

霍的性情穩定理智，我喜歡他在形式之下又不拘泥於傳統體制的風格，喜歡他在穩重矜持的外表下散出一種瀟脫不羈的氣息。他能言善道，卻從不倨傲，不自以為是，遇有問題，總願意向人學習請教。他是一個有情商的人，他的為人處事令人心舒愉悅，四海之內，人人都是兄弟。

移防當晚，我在司令台前校正打氣機彎斜的中心軸，忙得跟他們見面握別的機會都沒有。操場上空懸列閃閃星斗，一彎上弦月銀光淒涼無助，似有東坡詞云「此事古難全」的遺恨。遠處望見他們房舍燈火灼亮，在做行前最後準備，等我晚點名之後，他們已經查鋪就寢，待命出發。凌晨車輛啟動，移防正式開始，他們的隊伍行過我的房舍時，我只是漠然無語，任緣去如風拂過了一次心湖而已。

未來的日子裡，也許還有其他三個朋友，與我相識在這裡。他們，是各方各校各階層的人物，是形形色色性情迴異的男兒。他們，一如所有的他們，與我來往如潮水，如流星，到底有何傳奇？

再會了，再會！

秋天的絮語

從中央大學濃密的綠蔭出來，用著晚餐，窗外已下遍一地陣雨，一時，秋意變得很具體了，幸好小店暈黃的燈光，還給我們一點暖暖的感覺。

「洽公到幾點？」我問。

「六點。」德安說。

時間不容許我們飯後點一杯曼特寧，推開店門，只有清風貼在身上。許多人忙著躲雨。我們買了一把傘，櫃檯小姐竟是德安大學時的結拜姊妹，兩人相遇後寒暄了一會，又被時間催促著離開。

車輛漸多，我們併走在一張傘下，對於迷彩服所引起的側目，是習慣了的事；但，還能習慣多久呢？三百天後，我們就將褪去這身裝束，歡呼一聲，「羽化」成另一個嶄新的自我，然後，飛翔於營外，於另一片天空，對不對？

三年前，大學同學給我一張書籤，用鉛筆寫那麼一句話：「當蝴蝶與蛹相逢之時，才驚覺到——前世，原是一場蟄伏。」哦，是蛹也罷，蝴蝶也罷，誰說蛹裡面不也是一間世界，和一場生命奇妙的變化？

二十五歲了，但還有夢，是關於學業，關於愛情，關於社會文化，關於篇牘文章，也關於《聖經》的追求信仰。你說夢，在心處，也在天涯。

不少時候，有流浪思想，像三毛瀟瀟唱一回橄欖樹，談一場風情故事，但她死，叫人莫名錯愕，不知所置，又不禁迴生喟嘆，泫著眼眶，還看向遠方，那片又熟悉又陌生的撒哈拉。

陳之藩是不是深雋得多？劍橋、費城、曼城，河影中、夕陽下、雪地裡，一堂課，一位送報的美國青年……他細細沉思，把科學與人文融會進去；他款款漫談，把中國前途與人類智慧，一併調揉成杯，有清醇的氣味，有濃烈的底蘊，舉杯飲去，心念仍舊遙向遠方。

水黃皮的落英散在道路上，一步一踩，恍然也把軍中的日子，踩在八月的戰備訓練，九月的高裝檢，以及要來的十月專精管道，十二月基地測驗。日子忙碌充實，讀書、寫作只能在時間的夾縫中爬行，至於感情，總有點像姑蘇城外的江楓漁火對愁眠……

談到這裡，我們相視一笑，把袖子放了長。

聽說指揮官曾在美國和南非求學，那天坐他的小吉普車，倒忘了問他這件事。五查時，他站在司令台上引經據典，滔滔訓示，「兵如水，不流則腐；兵如火，不戢則焚」。出自哪裡？原來是《曾胡治兵語錄》。「有不可用之將，無不可用之兵。」原來是《孫子兵法》。所謂「腹有詩書，氣度自華。」他那雙深思熟慮的眼神，加上剛直儒毅的性格，會叫人想起范仲淹、曾國藩。

本是如此的，一個有才情、有作為的人，便是這樣有學養有風範。將領者如此，企業家如此，藝術家、音樂家亦如此。好比說傅聰，他能超越於鋼琴技巧之外，演繹出美的藝術質感，莫不是由於家學淵博，也根生於傳統和現代的中國書文。

沒有思想，所有形式都少了內涵。「我思故我在。」連長曾說，當兵雖是男孩子轉變的階段，但真要顯得成熟，還有賴於理性的求知和思考，不然，封閉所造成的遲鈍恐怕相當普遍。

這些你我都懂。

思考累了，就吟詩吧，屈原的離騷，杜甫的憂懷，李白的豪爽。或者聽音樂吧，蕭邦和拉赫曼尼諾夫的傷感浪漫，巴哈和海頓的均平和諧與內斂流暢，而聖桑的天鵝不正在優雅地滑行，似乎也想展翅飛過山湖那個方向？

風與群樹，雙連坡營區就在腳前。

我們轉入五金行，買了兩塊夾板、八根木條和活葉片，算是達成此行洽公的目的。

表訂秋節你休假，我留守。秋節留守，不免令人傷惆，不過無所謂，這是最後一個秋天了，明年此時你我又在哪裡？你說，你總是迷戀屬於中國人的月的故事；我說，還有月的詩歌，例如「四更山吐月，殘夜水明樓」，例如「但願人長久，千里共嬋娟」。

暮靄已深，雨驟雨疏，我們通過大門哨長的檢查，走入薄薄如棉絮的霧中，回到連上。

夜哨

誰會去期待夜哨呢？

工作一整天，已疲累滿身，洗過澡，晚點名之後，蚊帳裡的床鋪不就是最好的歸宿嗎？即使不就寢，我也寧可調杯咖啡，在巴哈的平均律下，坐在辦公室，享受孤寂的夜色；奈何「人在江湖，身不由己」，我終究得去站哨。

但，關於夜哨又有多少可說的呢？

那年十一月，半夜裡開始有人來拉扯我的棉被，或伸手拍我的小腿，輕聲且急促地告訴我：該上哨了。登時縱有一千個不願意，有百萬隻瞌睡蟲囓噬著我，我也必須「力拔山兮」般提神振氣，盡快起床，並把自己武裝起來。北風勁颯，所以羽毛背心、防寒夾克是不可少的，一旦進入十二月或一月，冷風颳來更如寒刀冰劍，是會割人皮膚的，所以還得備好一雙手套。

站在外彈庫平台上，凍雲層層，風猛烈地衝擊我單薄的身體。有時我會勉勵自己，「不禁一番寒徹骨，哪得梅花撲鼻香」。要挺立，要堅忍不拔；卻又見夜深深，遠近民宅一片酣眠沉睡景象，就自憐自艾起來。踋下來回踱步，一邊夾槍，一邊哈氣，牙齒戛戛打顫，像響板那樣清脆俐落。

若實在睏極了，等下一點鐘，由彈庫平台換到低處崗哨時，便可以靠在哨牆邊半夢半醒著。只不過這樣做是極為冒險的，如果被查哨官發現，記重大失職，就要嚴厲處分。最好還是在胸膛填起一股氣，對著淒迷的野外，豪情吟唱，但，別沉醉在自己的歌聲裡，外哨兵尤其要機警，眼觀四面，耳聽八方，提防所有可疑的狀況。

榮霖跟阿秋喜歡呼招人說話；他們取平台和崗哨的一個中點，在仍可環視和警戒的情況下，痛快地和值班者交談起來。這樣，一來可以抒解牢騷，二來可以滑在時間的羽翼上，盡興處便到了輪班下哨。我和他們站哨時，聽過許多故事，諸如個人的人生經驗、工作閱歷，與黑道拚命的血泊場面，以及哀傷悲慘的愛情變節。長夜中，風便是我們聲音和友誼的傳播者。

每一場談話，我似乎都能看見他們臉上閃亮的雙眼。常想，是不是為著與這些光點相會，我才在這裡站哨？即使無言無語的時刻，心中交流的，又豈只是一場共同守夜的相互扶持？夜，暗了天光，亮了心靈。而當中天湧月，楚空皓潔時，就不免想起母親——啊，母親那雙殘弱的眼睛，思之總害人愴然淚下，一時不能自已……

物換星移，走出冬令的嚴酷，迎來春天的嬌嫩和炎夏的繁榮，此時，夜哨上另有一種光點返轉旋飛，在草叢間，在土壕裡，在我們的鋼盔上。他們叫它火金姑，我卻稱作螢子。螢子對我而言，有初識的鄉間野趣，但對T來說，竟是查哨官閃走的手電筒，他一時緊張，叫喊：「站住！誰？」卻不見任何人，弄得另一哨兵毛悚悚。有傳言，土壕裡有一位白衣小倩跳來跳去，此外不知何故，連上一位站哨弟兄的大衣無緣由地燃了火。種種怪異現象，真真假假，誰分辨去？近來講述軍中鬼故事的書籍大為燒賣，那位有豐富的「鬼經驗」的作家，是我戰鬥旅的軍官。

事實上，寒慄和魅魍我都不怕，只有暴雨雷電併發，才叫我驚慌逃躲，像一隻嚇破膽的鳥。雨的濕濘、雷的恫嚇和電的劈擊，使我感到脅迫，也倍感執勤辛苦。但脅迫和辛苦又如何？我絕不會在著雨衣上哨途中，朗誦杜甫的詩：「好雨知時節，當春乃發生。隨風潛入夜，潤物細無聲，」那太脈脈綿綿，逆透喜意，我只會把杜牧的詩竄改成「上哨衛兵欲斷魂」——哦！欲斷魂。

多少個夜過去了，我發現我偏愛四到六點那班衛哨。重重茫茫的夜沉澱了，團團墨色被勻開了，天如厚紗被揭薄了；空氣中凝霧為露，風徐徐，天際劃開一道似赭又白的液光，正翻染雲影。哨台上，吸進這郊外的冷空氣，不覺沁肺爽神。破曉了，蒼勃的老榕背後，徘徊一團溫紅的日頭，欲熾欲出，這時我總想以虔誠的一顆心，端槍，向晨曦行最敬禮，像面迎最偉大的查哨官，而念天地之悠悠，大自然之健偉壯美。

禮成，眼前所見變為清曠，秀朗的天色由黑藍、深藍、淡藍，再梳理出絲絲白雲出來。於是，夜交卸了它的力量，黎明的陽光一統了天下。

幕落了，夜已盡，終於，我交點子彈，攜帶晨風下哨了！

火祭

車子快速前駛，在一個交叉口，轉過大崙國小，是一條整齊綿延的木棉道，兩旁田畝已插滿蟄雷後的青苗，另有散落的民樓，只是不見人影。三月，春光正撫照這塊僻靜的地方，月眉里。

目的地是養豬場，從一棵早熟盛紅的木棉樹向左，再走五公尺就到了。輔導長到這裡是為了送中午的便當，我則是帶著相機來拍照。車子停放之後，一位坐在地上的弟兄，看到我，疲倦地笑著。我告訴他，我們帶了便當來，輔導長請他們快吃。問情形如何？一個說：「很悲慘。」一個說：「像南京大屠殺。」其餘的都累得說不出話來。

弟兄們吃完便當，又上工了。

這次我們所到的王姓養豬人家，共有五百二十七頭大小豬隻，必須全部撲殺，採用的方法是二百八十伏特高壓電擊。電擊人員是一名職業屠夫，略畔的身材配上一頭捲髮，行止間兼有冷傲的氣質。他手拿兩支長鐵勾，以果決俐落的身手，十分忍心的態度，「賜」死每一隻被趕到圍場來的豬隻。

最觸目人心的，是電流貫通時，每一隻都無一倖免地被擊倒在地，有的痛苦抽搐，有的不自主地噴出尿液。十秒內皆昏厥斃命。我們屏住氣息，盯著牠們掙扎燒燙而死去的軀體。起初，我感到噁心，換不過氣，也想像此時電流通過的若是我的身體，我會是怎樣？

壓抑懾人的心理反應，我進一步想，如果現在殺的是一萬隻蚊子、無數白蟻，或者一群敵人，我們又做何感想，有什麼樣的感覺？這些豬隻帶著無辜的形象，做成了具體龐大的死亡，該怎麼解釋牠們的生命？生與死怎麼定義？

我想，死亡是宇宙中最堅強頑固的力量，但是，死與死也有不同。我未曾見過戰爭塗炭生靈的殘酷，卻知道世間無一場戰爭不是師出有名，連納粹殺人也有哲學理論基礎。人啊，浩瀚宇宙因著人而有了歷史，萬事萬物因著人而有了高低貴賤，一切價值概念似乎都握在人的手中，而這是不是意謂著人也可以決定別人的生命價值，主宰一切生靈的死活？

從電宰場退下來，我拿起相機四下巡拍一遍，就整體言，弟兄們的工作並不複雜，只是身在疫情地，必須穿戴密不透風的防護衣，追趕又拖拉每頭皆上百公斤的豬仔，像在角力場上進行奮戰，實在是辛苦極了。片刻的休息之間，我給他們遞茶水，替他們點菸，看他們熱呼呼的汗水浸濕了每一支髮根、睫毛，肆意地滲透到內衣裡面。

可惜，我不是專業攝影師，否則我手上的相機，足以拍出一張張主題鮮明強烈的作品，例如，G趕豬時兩手扶杆雙腿一蹬的可愛動作，L扯住豬耳向前拉奔的凝神專注，電擊人員執行時的忍心和果斷，擊斃後伏臥於地的豬隻的哀容，兩個鐵勾手配搭熟練的勾拉死豬，所有工作人員白衣上的血腥，以及眼角上滴落的汗水……

翌日輔導長要我放下相機，也一併加入救災行列。這時該處置的成豬已經不多，主要對象換成三、四個月大的小豬仔。此外，還有一部分已經患病的大母豬，牠們癱軟在欄舍裡，腳蹄浮腫出血，神情絕望漸漸死去。

我在欄舍裡走動，突然聽到一個聲音，細嫩而淒厲，循聲至，才知是一隻剛出生的豬仔，剛離開母體，斷了臍帶，但頭部卻卡在欄杆底下，脫身不出。我想用力把牠推拔出來，卻可能使牠受傷，後來終於把牠拉出來。哎呀，真是一隻血肉溫軟的小豬仔，我暱稱牠作「仔仔」。隨即，母豬又夾蹦出一隻豬仔，斷帶不久，又蹦落一隻。這幾隻胎衣未脫，毫毛未長的粉紅色小豬仔，照程序一一被我抓進小推車裡，與其他較大的小豬放在一起，然後推出欄舍。

欄舍外的場上早已由怪手挖開第二掩埋場，堆積成塔的大豬小豬，逐漸填滿坑口。

E向坑中灑潑汽油，引火燃燒，火勢迅速蔓開竄高，濃煙也渾渾濁濁上揚空中。圍觀的農戶和民眾，伸頭探看死豬焚化的情狀，不時發出驚嘆的聲音，和惋惜可憐的心酸言語。

最令人心酸的，應該是我最後的這三車小豬仔。電擊人員直接往牠們身上潑水，插上電流，舉起電鐵勾的時候，自言道：「這種事是沒人要做的。」登時臉色一沉，往下刺擊。被電觸及的小豬們驚恐、尖嚎，接著四肢平直，失去活潑新生的模樣，斃命亡矣。我沒有多想什麼，也阻止不了一股淚水從眼眶裡滑落。擊畢，我抓起牠們的小腿，直直地往火場拋擲過去。這時我看見「仔仔」竟然還活著，牠太小，躲過擊流，全身還正在緩緩蠕動。我雙手將牠捧抱起來，走到火邊，火光照在仔仔身上，而牠完全不知道這火焰正是牠今生的終場。「去吧！」牠掉入焦黑狂烈的火焰之中，無聲無息，成了一隻犧牲的火祭。此刻，天地間已沒有殘忍和憐憫的分界線！

脫下防護衣等全副裝備，一併丟去火焚，這次的任務算是全部完成。黃昏的霞天與墳場的煙火狎翫，並不美麗。

「走吧！結束了。」

「啊！結束了。」我鬆了一口氣。

回程的路上，春風送暖，有人疲倦地塌軟下去，有人已經交臥鼾睡，有的只是靜靜地不言不語。G緊閉雙唇，一直面向卡車風口，我問他有什麼想法，他簡單地回答說：「該殺的就殺。」然後又把臉擺在風口中。

走出層層紅豔欲燃的木棉道，我們告別了月眉里。經過這場三月火祭，月眉在今夜幽藍寧靜的天空中，是否正等待另一個新的生機？

鑰匙圈的聯想

那天看了電影，朋友約我去晶華百貨買鑰匙圈。走在華麗名貴的商店街中，他說有錢真好，可以買下一身的高級，我不得不同意這句話，可是又覺得這句話像一顆彩色泡沫，飄浮在美術燈的光束下。

賣鑰匙圈的地方不多，兜了一圈，約計只有兩三處，而它們的基本造型，就是一個金屬圈，附上一個手握的配件，設計師唯有在這個配件上面，運用材質，裝飾圖案，才能製出各式各樣的名牌，有給男士用的，女士用的，小孩用的。還有給觀光客用的，例如，一塊方形厚實銅板，一面有中正紀念堂，一面有台灣島。

我問朋友：「買鑰匙圈做什麼？」

他說：「裝鑰匙用啊！」這是正確答案，但，我的問題是：「是不是每個人都有鑰匙？為什麼我們有這麼多鑰匙？連小孩都有。中國人，日本人，美國人，每個人……」是，道理很簡單，因為我們有太多的鎖。有鎖，就有鑰匙；有鑰匙，就有鑰匙圈。這一想，我不自覺摸索口袋，哦，鑰匙沒丟。丟了鑰匙真麻煩。沒有鑰匙，不能開家門的鎖；沒有鑰匙，不能開辦公抽屜的鎖；沒有鑰匙，不能開日記本上的鎖。開不了鎖，我就形同沒有家，沒有工作，也沒有個人生活的紀錄。

開鎖的心情既單純又複雜；開了鎖，不一定表示解決了問題，開了鎖，常常是面對。面對家庭，面對工作，面對自己。我自己，也算是一把鎖吧，而且是個謎鎖、百變鎖，鎖孔幽幽曲曲，隨時可以改變形狀，幾番折騰，也不一定找得到出口，解脫得了自己。

啊，這世上有誰真能解開自己？又有誰能一再單獨面對自己，而仍然清明剛強，仰天無愧？解鎖的鑰匙到底是什麼？解鎖的鑰匙藏在哪裡？有人找不到愛情的鑰匙，最後抑鬱身亡；有人找不到婚姻的鑰匙，最後家毀人散；有人找不到青春韶光的鑰匙，最後誤入歧途；有人找不到信仰的鑰匙，最後被奇情怪力所迷惑；也有人找不到種族和平的鑰匙，以至於常久槍火對決，烽火聊生。

每個人都想開鎖，都想走出沉重的困難和痴疑，但，事實總是開了這鎖，還有那鎖。人性是個枷鎖。英國小說家毛姆的《人性枷鎖》，說出了三條枷鎖：不幸的身世、性格的扭曲，以及女人。主人翁菲立浦強烈地影射作者自己，那些成長時的顧影自憐，愛欲衝突下的壓抑和苦悶，形成了人性的必然的枷鎖。誰能沒有枷鎖？少年大衛挑戰巨人哥利亞多麼忠勇，所羅門祈求治國治民的智慧多麼英睿，可是兩人到了晚年，竟都掉入欲念的泥淖中，無法自拔，一段家國盛史從此慘澹衰敗，分裂流離。

動盪時代的人性枷鎖恐怕更為矛盾，更為顯露。BBC回顧中國文化大革命時，說，那是一段人人充滿理想和抱負，卻也充滿殘忍和卑劣的時代。從那個時代活過來的人，有的懷念那段為「祖國」而活的悲壯，有的含淚懺悔說道：「我不是暴力的人，但我在文化大革命時打了人，我逼他認罪，直打到他昏過去……我這輩子永遠承受這段不名譽事件所帶給我的痛苦……」

我沒有經過文化大革命，但我仍知道我的身體裡面有種種隱而未顯，或時顯時隱，或顯露不諱的人性枷鎖。於是我起身尋索——從自己的心靈裡尋索，從經史星河裡尋索，從年長者的皺紋裡尋索，從友人的冒險經歷裡尋索，從信仰的千井裡尋索。而真理，從來不是迷宮花園裡的寶藏。美國南北戰爭，一位軍官對林肯說：「總統先生，在這場慘烈的戰爭中，真理確實是站在我們這一邊的。」林肯說：「我不在意真理是否站在我們這一邊，我只是十分關心，我們是否站在真理的這一邊。」這是我聽過最感人的故事之一。

人生是一段尋求真理的掙扎歷程嗎？什麼才是真理？新約聖經《約翰福音》說：「真理必叫你們得以自由！」自由，是否就是鑰匙與鎖之間的真實連結？自由，是否就是天地間獨處時的光明磊落？自由，是否就是心靈上的無羈無懼，如山谷中荊棘裡百合花所釋放的芬芳？

歷史為了自由付出多少身軀性命的代價，今天，我們又該為自由付出什麼，才能在自己的心靈花園中，讓春風帶來愛情的溫柔信實，讓夏日帶來青春的奔放豐富，讓秋月帶來信仰的純誠超越，讓皓雪帶來人與人之間的寬容和平？

朋友拿著包裝好的鑰匙圈，滿意地走出美術燈炫幻的照射，而我又摸索了夾克裡的口袋，哦，鑰匙仍在。啟動摩托車，駛入台北大街，我看見行道樹之上，一把陽光撥開的天空！

蛇的故事

我的軍旅生活保存一張相片，相片中的我其實在站哨，身旁一棵樹上垂掛一條蛇。六月的雙連坡明豔動人，暑夏之氣正在蒸騰，這一條蛇傻里傻氣地在營區裡逍遙遊，差點被吳踩著，「有蛇！」一經宣告後，一票弟兄們便興奮地帶著長棍，全去捉捕。蛇知不妙，快步躲進一間庫房，在暗處裡慌張，但弟兄們血氣方剛，又受一種原始的欲望驅動，就跟這條蛇卯鬥起來。他們用木棍挑釁蛇，並隨伺攻擊牠。蛇著實受了驚嚇，本能地保衛自己，口中噴氣，發出憤憤聲音。勝利者終究是人，我們高大魁梧的士官長，他一棒、二棒，也許三棒，搥爛蛇的腰骨，也重傷了蛇的頭。他用棍撩起垂死了的蛇，展示他的戰利品，弟兄們見了興起一陣呼歎，像看了一場武松打虎那般過癮。接著是如何處置這條蛇呢？答案是用活繩結住，懸吊在我們那棟老舊營舍前的單槓上。我湊上前去看，蛇約五尺長，暗青色的鱗，頭略圓，舌信半吐在嘴邊，眼珠子沉滯無光，牠僵呆呆地成了一條死肉，冷血從傷口處漬滲出來。不久，大家開始往吃的方向想了，或清蒸，或紅燒，或煮湯，不肯錯失一頓美食的機會。我未曾見人殺蛇吃蛇，對於蛇肉蛇湯的滋味，縱然聽了入神，也只能是一番想像。

這時，劉拿來相機，要人在戰利品上拍照。可憐的蛇真是不幸，已經是一副死相了，還得陪人照相，牠若有靈魂想必也感到屈辱吧？！是啊，誰肯這樣呢，換作我倒不如轉身咬尾巴把自己吃了——可是都死了，再怎樣不甘心又能奈何？誰知，有人起了一個建議，要我抓住蛇身，以刺刀作屠割狀，供劉拍一張相。而我還不知如何拒絕時，就半推半地拔出了刺刀。

我這樣做，不知道是出於願意還是不願意。「征服」一條蛇，我好像是願意的；「摸」一條蛇，又好像是不願意的。幾次我提起勇氣，就要握住它了，又輕顫著手，放棄了。眼神不斷出示求饒的意思，看看相機，看看學長，看看蛇，甚至也看看連長。眾人都在等我完成這件事，沒有人給予任何同情，最後是在連長的激策下，我才定下氣，瞪大眼睛，拉開嘴，伸手握住了這條蛇。我說服自己，這其實是一條皮管或一支冰棍，二十秒也許不到，劉快門一按，光截取了影像，拍下了這一張相片。

實在說，我怕蛇是事實，一般人見到蛇多半也要受驚躲避。前陣子綜藝節目大玩「恐怖箱」遊戲，裡面擺各類蛇種，讓藝人去摸，憑觸覺去猜測箱中之物。最美妙的事是想像，最可怕的事也是想像。鬼由心生，心鬼最難纏，最難辦，最難消停。手不是眼，手摸看不見的事物，腦中無限想像，加上主持人與觀眾曖昧的聲音表情，許多藝人，尤其女藝人，當場失控掉淚，或者四處奔逃。想想，除了專業捕蛇人和表演者，真正面對蛇而能神色自若的人，絕對不多。但在日本就有一位。一天晚上，一百歲的梅子老師和華子老師正在房間裡，突然從角落裡傳來一陣嘶吵聲。循聲去看，原來是一條不知從何而來身長二公尺以上的大黃領蛇。華子老師當下嚇得手腳發軟，恐慌驚叫起來，但是梅子老師卻徐徐地端正整束，向這位闖入者行禮，說：「請您回去吧！」奇妙的是，蛇似乎聽明白了，知道自己是不速之客，就立刻離開了屋子。

牛鬼蛇神，蛇蠍心腸，蛇口蜂針，成語中的蛇都邪乎獰乎惡乎。惟一最被人接受的一條蛇，大概就是白素貞了。同樣身為千年妖女，那些桃花精、狐狸精、白骨精，都不如白素貞的蛇行蛇語，生發如此淒美又巨大的文化傳奇。即或這樣，人對蛇的恐懼和邪惡的印象卻未曾從心靈深處完全剔除；當動物影片拍攝一隻鷹凌空而下，一爪剋住蛇頭，再振翅上飛時，看來總是多麼叫人有生動淋漓的快感。吹呀，為什麼千年來人對蛇一直有說不完的感覺呢？探究這問題的人不知多寡，人類學、歷史學、心理學也各有自己的見解和看法。以《聖經》的記載來說，人跟蛇解不開的關係，乃自創世紀始，這已是許多人普遍知道的事了。

亞當、夏娃被神安置在伊甸的樂園裡，園子當中有生命樹和分別善惡的樹，神吩咐亞當說：「園中各樣樹上的果子，你可以隨意吃；只是分別善惡樹上的果子，你不可吃，因為你吃的日子必定死。」一日，蛇對女人說：「神豈是真說，不許你們吃園中所有樹上的果子嗎？」後來，蛇又對女人說：「你們不一定死。」於是女人就摘下果子來吃了，又給她丈夫，她丈夫也吃了。吃了以後，兩人聽見神的聲音，就藏在園裡的樹木中，躲避神的面。不久，亞當、夏娃被逐出那園子，流落在外。

很明顯，蛇的出現破壞了人與神的關係，也改造了人的生活歷史。更重要的，牠本質上的狡詐、貪邪、嫉恨和無盡的欲望，竟隨樹果進入人的裡面，「毒化」了整個人類，此後，人有了原罪，人被「構成」為罪人。人不用上犯罪學校，自然會犯罪、說謊，以貪婪之心行各種惡事。據此，人性論有了新的看法，那就是：人性本善，後變成惡。

我是人。在一次次少年情欲的蠢動中，在一次次「立志行善由不得我」的自責痛悔中，在一次次被人得罪或彼此齟齬的氣惱不寧中，我不得不承認那條毒蛇藉先祖的血液已淵遠流入我的血肉之中，叫我難以自拔自救，只有一再徬徨，一再吶喊——我像是蛇，我也就是蛇！

多少年的生活經驗，靈與肉不斷衝擊和產生矛盾，我更認識了自己，認識了神，也認識了蛇。原來我的身心相交，也成了一個伊甸園子；我立於自己、造物主和蛇之間，每日總是徘徊於抉擇，也承擔抉擇後的果子。

照片中的我是個涉事未深的青年，他一面羨慕生命的成熟，一面也願意從人間的泥土裡成長起來。世路難，恐懼與謊言都是蛇的再生，蛇的化身。正如夜深月明，當我坐在這裡寫稿的時候，沒有忘記這隻握殺蛇的手，也就是握著我自己！從中西哲學的困惑中走出，剝去宗教意識形態的籓籬，是不是我們都要面對真實的自我，才能自由地、坦然地開放出一朵又一朵的生命紅花？

最後蛇並沒有拿去烹煮，僵直直地晾在那裡，一直撐到傍晚，隨天色落下黯紅色的哀怨，散出腥味引來一群群綠頭蒼蠅。一位學長把牠草率扔在垃圾堆中，讓細菌漸漸將牠啃噬腐敗，而任其形肉消滅了。此後，我在站哨或夜巡時，都再沒有和蛇生面相見過了，只是我知道，在我的一生裡，在整個人類身上，伊甸園中那條古蛇卻未全死，牠的形影和戲碼也未到終結。

問風問風吧

看世界的方法 122

作者　馮平
圖片提供　馮平、董石樂(p.50、228)、林煜幃(p.101)
曹丹(p.113)、林品馨(p.239、247)

封面設計　吳佳璘
責任編輯　魏于婷

董事長　林明燕
副董事長　林良珀
藝術總監　黃寶萍
執行顧問　謝恩仁

總經理兼總編輯　許悔之
副總編輯　林煜幃
經理　李曙辛
執行編輯　施彥如
美術編輯　吳佳璘
企劃編輯　魏于婷

策略顧問　黃惠美・郭旭原・郭思敏・郭孟君
顧問　林子敬・詹德茂・謝恩仁・林志隆
法律顧問　國際通商法律事務所／邵瓊慧律師

出版　有鹿文化事業有限公司
地址　台北市大安區濟南路三段28號7樓
電話　02-2772-7788
傳真　02-2711-2333
網址　www.uniqueroute.com
電子信箱　service@uniqueroute.com

製版印刷　鴻霖印刷製版傳媒股份有限公司

總經銷　紅螞蟻圖書有限公司
地址　台北市內湖區舊宗路二段121巷19號
電話　02-2795-3656
傳真　02-2795-4100
網址　www.e-redant.com

國家圖書館出版品預行編目(CIP)資料

問風問風吧 / 馮平著
一初版 . 一 台北市：有鹿文化 , 2017.7
面 ; 公分 . 一（看世界的方法 ; 122）
ISBN ：978-986-95108-0-6

855　106010895

ISBN：978-986-95108-0-6
初版：2017年7月

定價：320元